経典写作课
WRITING

顿悟与启迪
卡罗尔·希尔兹谈写作

Startle and Illuminate
Carol Shields on Writing

〔加〕卡罗尔·希尔兹 著
Carol Shields

章艳 译

人民文学出版社
PEOPLE'S LITERATURE PUBLISHING HOUSE

著作权合同登记号　图字 01-2021-2789

Carol Shields
Startle and Illuminate: Carol Shields on Writing

Copyright © 2016 by Anne Giardini & Nicholas Giardini
This edition arranged with Transatlantic Literary Agency Inc. through Andrew Nurnberg Associates International Limited.
All rights reserved.

图书在版编目(CIP)数据

顿悟与启迪:卡罗尔·希尔兹谈写作 /(加)卡罗尔·希尔兹著;章艳译. —北京:人民文学出版社,2021
(经典写作课)
ISBN 978-7-02-016806-4

Ⅰ.①顿… Ⅱ.①卡… ②章… Ⅲ.①散文集-加拿大-现代 Ⅳ.①I711.65

中国版本图书馆 CIP 数据核字(2020)第 252715 号

责任编辑　朱卫净　何炜宏　邰莉莉
封面设计　钱　珺

出版发行　人民文学出版社
社　　址　北京市朝内大街 166 号
邮　　编　100705

印　　刷　山东新华印务有限公司
经　　销　全国新华书店等

字　　数　118 千字
开　　本　889 毫米×1194 毫米　1/32
印　　张　7.25
版　　次　2021 年 7 月北京第 1 版
印　　次　2021 年 7 月第 1 次印刷

书　　号　978-7-02-016806-4
定　　价　55.00 元

如有印装质量问题,请与本社图书销售中心调换。电话:010-65233595

献给唐——丈夫、父亲和外祖父

目录

译者序　　　　　　　　　　　　　　　　　　　　　001

序　简·厄克特　　　　　　　　　　　　　　　　　001
慷慨分享、时间观和最后的建议　安妮·贾尔迪尼　001
在阅读中认识我的外祖母　尼古拉斯·贾尔迪尼　　001

第一章
作家首先是读者　　　　　　　　　　　　　　　　001

第二章
那些让写作者望而却步的荒唐说法　　　　　　　　016

第三章
车厢、衣架和其他方法　　　　　　　　　　　　　024

第四章
写作就是掠夺　　　　　　　　　　　　　　　　　033

第五章
疯狂一点；让我震惊　　　　　　　　　　　　　　039

第六章
写什么和不能写什么　　　　　　　　　　　　　　051

第七章
行文节奏、激情和张力　　　　　　　　　　　　　069

第八章
好奇心把我们带往哪里　　　　　　　　　　084

第九章
爱情故事　　　　　　　　　　　　　　　　094

第十章
短篇小说（和女作家）　　　　　　　　　　098

第十一章
写出我们迄今为止所有的发现　　　　　　　110

第十二章
发现每一个问题和每一个可能性　　　　　　115

第十三章
在边缘写作　　　　　　　　　　　　　　　133

第十四章
自始至终大胆表达　　　　　　　　　　　　144

书信摘录　　　　　　　　　　　　　　　　153
致　谢　　　　　　　　　　　　　　　　　187
资料来源　　　　　　　　　　　　　　　　188

我一直相信小说关乎救赎,
关乎试图理解人们何以成为他们现在的模样。

——卡罗尔·希尔兹

译者序

2020年初，北美文学界新设立的一个重要文学奖项让一位女作家的名字重新回到大众视线中，这就是卡罗尔·希尔兹小说奖（Carol Shields Prize for Fiction）。这是北美地区第一个女性小说创作的年度奖项，将于2022年开始颁发。该奖项的奖金为15万加元，用以褒奖加拿大或美国女性作家及非二元性别作家的优秀小说创作。设立这个奖项的想法早在2012年的一次有关女性作家地位的会议中就已经提出，而那次会议的主持人正是本书的编者之一，卡罗尔·希尔兹的女儿——安妮·贾尔迪尼。

中国的读者对卡罗尔·希尔兹的了解可能不太多，她在加拿大当代文学史上是与艾丽丝·门罗和玛格丽特·阿特伍德齐名的重量级女作家，曾先后获得加拿大总督文学奖、美国国家书评奖、普利策文学奖、英国橘子文学奖等重要奖项，并两次获得布克奖提名。她专注于描写普通人的日常生活以及人与人之间的关系，善于刻画中产阶级富足生活里的困惑与人生百态，以细腻而引人深思的细节唤起这类人群的共鸣，在西方世界拥有广泛的读者群。

这本《顿悟与启迪》不仅仅是一本关于写作的书，也是一本充满温暖亲情和人生智慧的书。在这里，通过朋友、女儿和外孙的文字,我们看到了一位知识女性在家人朋友眼中可亲可爱可敬的模样;通过希尔兹自己的文字,我们分享到一位优秀作家关于为何写作、如何写作以及写什么的真知灼见,此外还有她关于文学世界中边缘性问题的深度思考。

一

希尔兹认为我们每个人的视角不论多么有限,却都是独特的。决定这个视角的是我们在哪里度过最初的十八年,怎样度过这十八年。希尔兹的童年是在美国伊利诺伊州的橡树园度过的,那也是海明威的故乡。虽然当时的橡树园是一个像"塑料袋"一样保守闭塞的地方,她也不能像很多贵族或男性作家常说的那样"可以自由地使用他们父亲的藏书",但她很早就产生了对阅读的兴趣。她读父母书架上非常有限的书,她风雨无阻地每周去图书馆听图书管理员讲故事,她遇到过几位对她产生积极影响的好老师,她在离家很近的地方出乎意料地听到有人讲外语,让她的心头闪过一丝幸福的感觉。

孩童时候的希尔兹是作为一个圈外人接近文学的,她对那些被称作经典的又黑又厚的书心存敬畏。即使后来她消除了对经典的神秘感,但仍然感觉那是一个她无法进去的世界,那是一个关于男人、行动、权力、思想、政治和战争的世界,这也影响了她日后对写作主题的选择。她意识到:"我应该写的书就是那些我自己想读的书,那些我在图书馆里找不到的书。那块空白的地方应该填满。刚开始时,我小小的世界也许只够写一页,后来会变成几百页,也许几千页。我在广度上的缺陷可以用精确度来弥补，把每个细节都写好，把每一个经历都描写得让人有不同程度和层次的期待。"关于为什么写作，她给出了朴素而动人的回答："因为写作中有快乐：创作的快乐，想象的快乐，发现即使我们老了某些模式仍然存在的快乐。"

二

希尔兹不是一个典型的女性主义者。早在大学时期，希尔兹的写作才华就已崭露头角，她曾获得学院写作比赛的第一名，但她听从委员会的建议把这个奖让给了获得第二名的年轻男学生，毕竟他要谋生，这个奖对他会大有帮助。而她那时已经准备结婚，她知道她会很快生孩子，一个写作奖对于作为年轻妻子和母亲的她来说有什么用呢？

她21岁结婚，生了五个孩子，在三十八岁成为一名助理编辑之前，她是一位全职妈妈。她坦言自己很晚才关注到女性主义，她知道生活里有些东西不对劲，但不知道到底是什么。六十年代早期她读到贝蒂·弗里丹的《女性的奥秘》，这本书改变了她对自己的看法，她开始了非全日制的研究生学习，开始考虑写作，开始关注女性写作。

希尔兹说过，作为一个选择了写作生涯的女性，她希望能够通过写作改变女性生活的隐蔽性，她把写作看作一种救赎的行为。为了做到这一点，她需要友谊，比如其他女性写作者的友谊，这会让女性写作者在某些方面变得更加勇敢。她引用了美国散文家肯尼迪·弗雷泽的话："我需要听到她们的喃喃低语，这些都是真实的故事。这些文学女性对于我来说就像是母亲和姐妹，虽然她们中的很多人已经不在人世了，她们比我的家人还要重要，她们似乎向我伸出了援助之手。"

女性作家的作品植根于女性生活，她们不是向整个时代或整个人类说话，而是向每一个读者个体说话，就好像那些读者和她们同处一室，她们所讲述的是发生在她们自己生活里的事情。女性作家似乎经常愿意去理解别人的脆弱性，把自己置身于这种脆弱状态中。正因如此，女性作家的作品常常成为女性读者的避难所。在那里，她们找到了自己；在那里，她们可以成为自己；在那里，个人感受和普遍认知之间的距离大大缩短。

在她看来，我们几乎所有人都处于边缘，这个边缘包括原住民文学、同性恋文学、移民文学和女性文学。和美国文学相比，加拿大文学当然是一种边缘写作。她并不认为边缘写作是个缺点，来自边缘的观点能够提供特别的视角。她认为加拿大作家现已取得的文学成绩，除了要归功于加拿大艺术委员会以及各省的艺术委员会，还要归功于加拿大"处于边缘"的位置。她引用加拿大著名作家罗伯特森·戴维斯的话：加拿大是北美的阁楼，言下之意是，在那个黑暗的空无一人的阁楼里，有足够的空间让你大喊大叫。

三

如何将杂乱的素材安排得井井有条，如何搭建小说的框架？希尔兹的解决方案是车厢、衣架和套娃，这些结构让零散的素材获得了稳定性，可以帮助她不偏离主题。在她的第一部小说《小型典礼》中，她把章节变成火车的车厢，把零零碎碎的材料装进去。写第二部小说《盒子花园》时，她用七个章节大致对应一周七天的事件，把七个章节想象成衣帽架上的七个铁丝衣架，虽然不知道这些衣架上会挂什么，但知道它们的位置和顺序。到写《斯通家史》时，她选择了中国套盒。这些具体的结构充当了脚手架，是她写作时无声的工作指令和备忘录。原来小说的框架可以如此简单而有趣，相信心里有故事并且希望付诸笔端的读者已经想要跃跃欲试了吧。

关于如何处理创作和真实生活之间的关系，希尔兹的建议是，勇敢真实地写，然后谨慎得体地改。如果顾忌他人的反应那就势必缩手缩脚，所以可以想写什么就写什么，然后通过改变性别、种族、时间范围和地理位置把真人隐藏起来。我们可以重塑经历，正如爱丽丝·门罗所说，"真正的"经历是一团面引子，那团小小的、湿湿的面引子最后可以变成发酵充分、松软芳香的面包。但是无论一个小说作家进行多么客观的研究，也无论她尝试进入怎样的想象王国，在她的文字中总是难免会出现她的一丝痕迹，一个她的小勺子，或是她的一条胳膊或一条腿。这正是写小说让人觉得可怕的地方：我们无意间透露的东西，还有我们自我暴露的程度。

四

在翻译完这本书后，我最想和我的朋友们分享的是希尔兹的时间观。很多人都问她，作为五个孩子的妈妈，她怎么能挤出时间来写作。她的回答是：

那时我没有出去工作。我等［孩子们］上学了才写作，周末不写，晚上也不写，那些时间都不可能写作。但我常常利用他们中午回家吃饭前十一点到十二点之间的那一个小时。我得把满屋子乱扔的袜子捡起来，做完诸如此类的事，然后尽可能写上两页。这就是我对自己的要求。有时候，下午在他们回家前，我会回过头去看看上午写的那两页东西，有时也许会重写。但我一天里真的只有大约一个小时或一个半小时。我就是这么安排时间的，一天写一页或两页，如果我没有完成两页，晚上就坐在床上用那种有横线的便签本很快地写上两页，然后关灯睡觉。

这是希尔兹利用时间的艺术：利用任何你可能挤得出来的时间，然后安排你的任务，让它适应你的时间，而且能够让你完成你想要完成的工作。这样的时间观非常重要，正如安妮所说："当我们以匮乏的心态看待生活时，就会感觉生活窘迫；当我们采取富余的视角看待生活，就会拥有富足的生活。时间也是如此。"

在希尔兹的大学毕业典礼上，一位数学教授告诫年轻的学生们"光阴似箭"。这让毕业后成为全职妈妈的希尔兹感到焦虑，有着深深的负罪感，觉得自己"微不足道的生命被遗弃在灰尘中"，她相信自己已经失败了，因为她没有用成就把每个日子填满。但在她六十岁左右的时候，她对时间有了更为深刻的认识，她认为时间并不残酷。她说："如果我们能够健康长寿，我们就有大把的时间，我们有时间尝试各种新的自我，有时间实验，有时间做梦、漂泊，甚至有时间浪费。我们有悠闲的时间，轻松的时间。并不是每一个小时都会充满世人所看重的意义和成就，作为弥补，我们会拥有很多丰富、充实、令人心满意足的时光，我们将成为时间的合作者，而不是它的受害者。我们大多数人最后会发现，我们的生活不是一条由成就组成的向上攀升的直线，而是许多有趣的章节。"在这个"成功至上"的时代，太多的人生活在压力和焦虑的煎熬中，为了更加健康快乐地生活，我们需要与时间和解，成为时间的合作者，而不是它的受害者。

五

这是一本温暖的书，希尔兹的几个女儿，在母亲的影响下都走上了写作的道路。她对孩子们没有秘密，鼓励他们细读她的文稿，并且可以随意地做标记或提建议。本书的编者安妮是希尔兹的大女儿，她从母亲那里获得了关于写作和生活的智慧，母亲是她的导师和朋友。这也是为什么她要编写这本书，把这些智慧分享给更多的人。本书的另一位编者尼古拉斯是安妮的儿子，也就是希尔兹的外孙，他撰写了《在阅读中认识我的外祖母》一文，他写道："我的母亲安妮·贾尔迪尼在2013年母亲节那天向我提议要编这本书，尽管我并不觉得那一天对她来说有什么特殊的意义。我的母亲每天（每小时？）都在思念她的母亲。"也正是在那一年，安妮到渥太华出差开会时挤出几个小时去找在那里读大学的儿子，详细地描述了她的设想。除了这本关于写作的书，她还提出是否可以设立一个写作奖。时隔七年后，在2020年，这个写作奖以"卡罗尔·希尔兹小说奖"的形式面世了，这是文学的力量，也是亲情的力量。

两年前拿到原著时，看着封面上卡罗尔的侧影，感觉就是喜欢的，她闭着眼睛，面带微笑，温暖可亲的模样。读了几章后，我就知道这是我想翻译的书。在翻译的过程中，我仿佛能听到她的声音，那是一个自然真诚的声音，娓娓道来，毫无矫饰。我可以想象她怎样说话，并以此为依据来调整措辞和句子的节奏。从初稿到润色再到校对，这里更改一个词，那里增减一个字，都是在这个热闹的世界里我所感受到的很私人的乐趣。

作为一个女性译者，近年来翻译了《朋友之间：汉娜·阿伦特和玛丽·麦卡锡书信集》和《如何抑止女性写作》，在这些女性作家的身上，我获得了力量和共情。正如卡罗尔所言，小说关乎救赎，其实，一切文学形式、一切美好的文字都关乎救赎。在这些文字中，我们会获得一种让自己趋向善良并变得坚强的力量。她关于写作的文字让我深受启发（译者和作家一样，也是写作者），她的很多看似平平常常的人生感悟时常让我产生强烈的共鸣，在她的文字中我感受到一种亲切而幽默的人生智慧，有时甚至有一种抚慰心灵的神奇力量。

写这篇简短的文字，是希望能够和译本的读者分享我阅读的收获，也借此向卡罗尔·希尔兹这位对子女、对朋友、对读者产生积极影响的优秀女性作家致敬。

2020 年 11 月 12 日于上海

序
简·厄克特

我无法准确地回忆第一次见到卡罗尔·希尔兹是什么时候。是在九十年代早期温尼伯的一次巡回售书活动上？是在她把我介绍给她姐姐的某个多伦多节日庆典上？还是某个颁奖晚宴，或其他什么类似的活动？她是如此完美，如此乐观，如果不是因为她的存在，我也许只能想象有这样的人。我仍然无法相信我竟然没有早一点认识她，而现在她已经永远不在了。在我们见面之前，我已经知道她的作品，比如《斯旺》(*Swann*)和《奇迹种种》(*Various Miracles*)，我非常喜欢，这一点我很确定。毫无疑问，那种对作品的熟悉常常会让读者在有幸见到作者本人时产生一种见到亲人的感觉。但在卡罗尔身上，还有更多，远远更多。她的声音让人感到亲切，不仅仅是她在作品中的声音，虽然这个声音无疑也是不同寻常的，而是她本人说话的声音。她说话的声音如银铃般富有乐感，她说过的话在很久之后还会萦绕在我的脑海中。我现在仿佛还能听到她在对我说话，在我耳边轻声鼓励我。我常常引用她的话，丝毫不觉得难为情。即使是我不常见面的熟人也肯定听到过我开口就说："知道吗？卡罗尔总是说……"

这本书非常珍贵，因为它准确地抓住了她的声音，另一个非虚构的真实声音，她讲话时所用的声音。用这个声音，卡罗尔与同行作家和朋友进行交谈；用这个声音，她思考何为作家，思考我们如何会迷上讲故事，去审视和改变生活，去沉醉于建构一个句子，思考为了"缩短私人感受和普遍认知之间的距离"我们可能要做怎样的尝试。正是用这个声音，她告诉我们，处于边缘位置实际上赋予了我们某种优势，没有任何东西可以让我们沉默或退缩，没有什么既定的规则可以决定谁有权说话、谁不能说话，没有一个故事会因为太过琐屑平常而不值得倾听，没有一个观点会因为太过微不足道而不值得一提。她曾说过，"这世上根本不存在乏味无趣的生活"。即使那些觉得生活百无聊赖的人在她眼里也很有意思。她在这本书里告诉我们，读一读那些所谓的普通人的讣告，多关注生活。她给一名学生写道："我希望特纳夫人身上那些细微的不同之处绽放出光彩。"

卡罗尔是个极具天赋的偷听者和偷窥者。她的耳朵和目光既充满同情又富有穿透力。她会被陌生人的故事吸引，对这些故事她会深表同情，却从不会感情用事。不论是黑暗还是光明，对她来说都一样具有吸引力。在这本书里，她探讨着写作生涯的荣耀和愁苦，她也邀请我们和她一起探讨。

卡罗尔是一个执着但友善的探究者，喜欢刨根问底，对一切都充满好奇。"你为什么从来不写你第一个丈夫的死？"有一次她问我。我没有回答这个问题。"说真的，"她说，"我觉得你现在应该写了。"卡罗尔对任何话题的建议都充满了积极的能量，让人无法拒绝，无法不心怀感激。我不确定"建议"这个词用得是否合适，因为她总是说得那么得体，让人觉得更像是智者的观察和慷慨鼓励。感谢有这本书，这些充满智慧的观察和慷慨的鼓励会惠及更多的人。

卡罗尔想知道是什么驱使作家写作。她想反思是什么吸引她写了自己的那些作品，同时也思考在其他人的写作道路上能够给予他们怎样的帮助。写作，任何形式的写作，甚至是写作的可能性，都会让她欣喜无比。在她的整个职业生涯中，在她的一生中，她的渴望和激情都让我们惊叹。这本书的标题恰如其分，卡罗尔总是以最好的方式，让我们顿悟，然后带给我们启迪。她仍然如此。

慷慨分享、时间观和最后的建议

安妮·贾尔迪尼

作为一个已经出版过两本小说并且还有一本即将面世的作家，时常会有人向我请教如何写作，比如，如何找时间写作，如何开头、设计情节、塑造人物、收尾，如何处理出版事宜以及其他与出版有关的方方面面。一两年前，我突然想到，我得到的一些最好的建议是我的母亲卡罗尔·希尔兹给我的，这些建议也许对其他人也有用。当时我的儿子尼古拉斯住在渥太华，我问他是否愿意到加拿大国家图书档案馆去查找他外祖母的资料，看看能不能找到一些有关写作的内容。他找到了很多内容，有很多关于写作过程的看法，都是以前我没有直接听母亲说过的，这一切对于他更是全新的。我们决定一起编辑这本书。在与尼古拉斯以及后来与我们的编辑安妮·柯林斯和阿曼达·路易斯一起工作的过程中，我开始意识到，要真正完成这本书永远也不可能。我经常遇到一些人，他们会很愉快地告诉我，他们从母亲那里得到的关于如何成为一个更好的作家的看法和建议（还有如何成为一个更好的人，不过那也许会需要另一本书，而且毫无疑问也会给人启迪），我特别爱听这些。

在她的写作生涯中，卡罗尔慷慨地分享她关于写作的智慧，有些是从别人那里学来的，还有很多是她自己的感悟。

不过，总的来说，我的家人不喜欢提建议，至少在我们之间是这样——虽然我们并不介意从彼此那里听到忠告，也许是因为这种时候非常难得。在那些极为难得的时候，如果我们想发表意见，或者是别人征求我们的意见，而这个意见会被理解成建议时，我们往往会故意地轻描淡写，用一种"我哪里知道呀，你听也可以，不听也可以"的方式拐弯抹角地表达。我们并不特别热衷于让别人听取我们的建议；事实上，我觉得如果别人不听，我们会如释重负，因为那样的话我们就不需要承担任何后果了。不过，我们兄妹五个确实会读母亲写的东西并且评论一番，因为她让我们这么做。她对我们没有秘密。她鼓励我们细读她的文稿，并且可以随意地做标记或提建议。我现在明白她为什么这么做了：她热爱写作，因此认为我们也必然会热爱写作。有时候我会开玩笑说，写作是我们的家族事业，这和屠夫的孩子也许要学放血、剥皮、去除内脏、分割、去骨和切肉是一样的。在她让我们见证她的创作时，母亲希望看到我们也考虑开始写作。通过让我们了解写作的过程，她一方面消除了我们对写作的神秘感，另一方面又让我们感受到了用文字和想象构建故事的神奇魅力。因为接受过这样的熏陶，不论是小时候作为文学少年，还是后来成为专栏作家和小说家，我都相当自信，虽然母亲在我写第一本小说之前就去世了。我的妹妹萨拉已经是一个才华横溢的诗人、散文家和儿童文学作家，有几年，她甚至成功地做到了靠写作的收入为生。

关于写作，母亲亲口告诉我的最好建议是：你要像把故事直接注入一位理想听众的耳朵里那样写作，要尽可能地直接，不要有任何中介物。说这话时她做了一个手势，把两根手指按在嘴唇上，然后把手转过去压在那只理想的耳朵上，紧紧地，充满了渴求。和这本书里的很多观点一样，这个建议也许不仅适用于如何组织纸张或屏幕上的文字，也同样适用于如何驾驭生活。每一位写作者、演讲者或饭桌上的交谈者，都应该知道这个如何与着迷的听众真诚交谈的窍门，没有花哨的技巧，没有任何障碍。我用这个办法写了我的第一本小说，想象着我是在直接对着我的某个妹妹的耳朵讲述我的故事，但其实在我写作期间，这个妹妹并不知道我在写什么——这并不重要。我需要的是想象中她的耳朵，还有想象中她的反应。这个方法彻底改变了我写作的方式，因为在我打字的时候，我可以感觉到妹妹对每一个字的反应。这个妹妹善于倾听，对叙事有敏锐的感觉，具有准确而且挑剔的鉴赏力。我在决定买什么衣服之前，也会借她敏锐的眼睛一看。借用值得信赖的人的感觉来观察、倾听和处理信息，这似乎是一种非常有用的做法，会有更多收获。

弗莱迪丝·韦兰（Freydis Welland）是琼·奥斯丁-利（Joan Austen-Leigh）的女儿，是简·奥斯丁隔了好几代的侄女，她后来成为我母亲的挚友。她的笔记总是准确无误，所以在我们编辑这本书期间她是我们最可靠的资料来源之一。她记录了我母亲在2002年10月说的话："我不能容忍那种认为小说不是作家写的，而是自己水到渠成的想法，这怎么可能呢？小说不是什么神秘的东西。但我最后的这本小说[《除非》(Unless)]几乎就是这样，它就是水到渠成的结果。"

写作可以像流水一样通畅——至少是在顺利的日子里，但修改常常正好相反，因为修改是一个非常专注、精确而且挑剔的过程。弗莱迪丝回忆我母亲曾提到修改《除非》的过程，就像"用珠宝商的小镊子把它一点点拆开"。卡罗尔向她描述如何处理一个复杂的段落或句子，其结果是"过程不太顺畅，但最终安全收尾"，她从这样的挑战中获得了快乐。我母亲和很多人保持过频繁的通信：朋友、读者、同行作家和其他人，在写给弗莱迪丝的一封信中，她提到弗吉尼亚·伍尔夫这样描写乔治·艾略特："开阔的景物视野，对主要特征详细而深刻的描写，早期作品散发出来的那种鲜红的光彩，后期作品里巨大的探索力和深刻的反思，都吸引我们超越自己的局限，在她的作品里流连忘返。"

"是的，鲜红的光彩，"我母亲补充说，"我们必须确保我们的书里有足够鲜红的光彩让它们发光。"无论是作为读者还是作家，她的愿望是，书籍要能够令人顿悟，给人启迪，由内而外地散发出光芒。

我们所有人，她的五个孩子——儿子约翰（1958）、我（1959）、凯瑟琳（1962）、梅格（1964）和萨拉（1968）都目睹了母亲写作，我们读她的作品，因为她鼓励我们读，经常是在作品还没完成的阶段。在我们的幼年和少年时期，我们看着她在打字机上打出了荣获1964年加拿大广播公司青年作家大赛第一名的诗歌以及其他发表在杂志上并且结集出版的诗歌，接着是那些让她在全世界范围得到认可和奖励的小说、短篇故事、戏剧和纪实文学作品，其中包括加拿大作家协会最佳小说奖

(1976)、加拿大年度文学大赛第一名(1983)、加拿大全国杂志奖(1985)、阿瑟·埃利斯最佳加拿大悬疑小说奖(1988)、玛丽安·恩格尔整体作品奖(1990)、加拿大总督文学奖(1993)、加拿大书商协会奖(1994)、美国国家书评人小说奖(1994)、美国普利策小说奖(1995)、英国橘子文学奖(1998)、法国阅读奖(1998)、查尔斯·泰勒奖(2002)和艾瑟尔·威尔逊奖(2003)。

卡罗尔在洞察读者喜爱的潮流和趣味方面常常领先于时代。例如,她称自己的一本短篇小说集是她的"小怪"。我不知道她会怎么理解现在出现的这个被称为"新怪小说"[1]的文学类型。和总想让人心神不宁的现代新怪作品相比,她的作品结局也许不那么令人不安。例如,在她的短篇小说《扁扁饼:各种形状和用途》描述的世界里,收集鸡蛋的孩子们"从来不会摔跤,从未有鸡蛋摔碎"。

《丢弃的线索》(Dropped Threads)是卡罗尔参与编辑的一本关于女性经历的文集,让她的出版人惊喜万分的是,这本书成了畅销书。[2]

卡罗尔和她的合作者马乔里·安德森(Marjorie Anderson)

---

[1] 新怪小说(new weird),始于1990年代的一种文学体裁,在发表于2001年至2005年的小说和短篇小说中得到进一步发展。相关的作家大多写作恐怖小说或科幻小说,但往往会跨越体裁界限写作。
[2] 安妮·柯林斯(Anne Collins),《丢弃的线索》的编辑,她记得刚开始时关于这本书的评论毁誉参半,后来希拉·罗杰斯(Shelagh Rogers)在加拿大广播公司《今日清晨》节目的一小时咖啡谈话会上做了专题介绍。两天后,这本书就一跃登上畅销书排行榜,并且稳居不下,长达四十多周。——原注

以敏锐的眼光发现，人们需要一本书来审视女性写作或表达中缺失的东西。正如她们意识到的那样，人们渴望阅读那些极少在公共话语中得到表达的重要时刻，渴望了解难以获知的真相和仍然找不到表达空间的话题。

在2003年《温哥华太阳报》的一次访谈中，也就是在母亲7月去世的前几个月，我提到在我成长的过程中阅读母亲作品的经历，那些书稿在她的打字机边堆放着，我说"那种感觉就像手指滑过丝绸"。接着我向那位记者描述了自己离开家后，还没来得及让自己的手滑过母亲的书，其中有一些就出版了，那种感觉非常奇怪。那些书在我看来似乎是凭空出现的。我非常怀念看到它们写成的过程。

尽管我们家的人不喜欢给人提建议，我们这几个孩子还是时不时地会告诉卡罗尔我们对她正在写的那些东西的看法，因为年轻人的狂妄，也因为家人之间的亲密。

我手头有一封母亲在写小说《斯旺》时（1987）用打字机打的一封信，没有写日期，在这封信里她一反常态，非常详细地征求我的意见。当时我二十出头，对《斯旺》里的中心人物萨拉·马洛尼很感兴趣，她是美国的一位女性主义学者。在信中，母亲写道：

> 我要先谢谢你阅读我的手稿。书稿我已经寄出，另附了五美分给你买回信的邮票。以下是我想知道的一些问题。有没有什么地方让你觉得厌烦？写得过火？展开不够？提示太多？人物描写不符合人物特征？——这不是不可能的。

还有一个大问题是，你觉得下一步会怎样？我要等你回复之后再编辑最后一部分。眼下我正处于和写《盒子花园》(*The Box Garden*) 时一样的状态，不知道是泄露得太多还是太少。但你会发现，悬疑元素不是这本小说的重点，它更多只是为了增加趣味性。我认为重点是表象和现实。听上去相当吓人吧。

我感兴趣的还有界定人格的不同方法，以及形成那个定义的不同方法——这就是为什么四个部分的叙述方法不同的原因。就像我告诉你的那样，最后一部分是一个剧本。（我还不太有把握。）等你回信后我马上寄给你，因为我知道你会给我一些建议。[复印的] 手稿上已经全是标记，没法再做标记了——我肯定会看不懂。也许你可以用上那些小便签（那些黄色的东西）。

她在左边空白处，又手写补充道：

萨拉（最近改名叫萨拉·马洛尼）应该会有点烦人。她也觉得自己很烦。这一点有没有充分表现出来？

在后来的一封信中，她写道：

我要再次谢谢你对我的小说的评论。我确实认为是你让我回过头去发现哪里出了问题。你的评论与凯瑟琳[我的妹妹]英雄所见略同，所以我重写了有关萨拉的那部分。

我采用了你关于开头部分的建议,而且润色(姑且这么说)了其他很多地方。我觉得有一个问题是其他女人的某种无情,尤其是罗斯,用句套话来说,她就是个绣花枕头。我觉得过度关注风格以及想写出"年轻的味道"让我误入歧途了。我还根据你的建议修改了关于格鲁奇的那些部分,现在的顺序逻辑性强多了,而且也更吸引人了。我昨天已经把全部书稿寄给了编辑——下个星期六我们会在多伦多详细地过一遍。萨拉[指我的另一个妹妹]看到你的信时说,"这正是我的感觉"。总的来说,相比于多伦多那些我不认识的文学评论人,我更信任你们这些"家族评论家"。总而言之,非常感谢。

重读我们的通信,我发现大多数时候我的意见都是非常肯定的,这让我感到欣慰。母亲需要认可,说到底,没有哪个作家不需要别人认可。

在 1985 年 10 月 20 日写给我的信中,她写道:

> 谢谢你对《奇迹种种》的肯定,特别是"像蕨菜一样的脑袋"这个词,因为我的编辑在电话里希望我把它删掉——觉得没有意义,但我极力坚持。[老爸(指我的父亲,唐纳德·希尔兹)也赞同我的意见。]

* * *

这本书,《顿悟与启迪》,是一本关于母亲如何写作,以及她觉得其他人可以怎样写得更好的书。经常也有人问我，要照料五个年幼的孩子，我的母亲怎么还会有时间写作。

我的母亲1957年毕业于汉诺威学院，这是一所离印第安纳州麦迪逊市不远的小型文理学院，就在俄亥俄河边。当时她已经崭露头角，事实上，她当时已经获得学院写作比赛的第一名，但没有去领这个奖。当时，委员会问她是否介意不把这个奖颁给她，而是给一个获得第二名的年轻男学生，毕竟他要谋生，这个奖对他会大有帮助。母亲当时二十一岁，她愉快地同意了——她后来是这么说的，虽然我有时候会表示怀疑。那时她准备结婚，她知道她会生孩子——在后来的十年中她生了五个孩子。一个写作奖对于作为年轻妻子和母亲的她来说有什么用呢？也许她是这么想的。时机也许不是一切，但确实很重要。正如英国作家安妮·法恩（Anne Fine）所描述的那样，五十年代中期女性得到的待遇就像"裙子上的褶子，完全是根据胖瘦需要可以放大或缩小"。

"时间"是当年汉诺威学院毕业典礼上一位广受学生欢迎的数学教授发言的主题。在那个阳光明媚的六月里，他向对未来充满渴望的年轻听众说：

光阴似箭。

我的母亲把这句话视为教授对他们的警告，如果他眼前的这些毕业生不能抓住时间——事实上，要抓住每一分钟——他们的生命就会悄然逝去。他们的每一天、每一年，将会被侵蚀，被抹去，被荒废。在不经意间被浪费……一去不返。结果，在紧接着的那几年里，据母亲说：

> 那几年，我应该是在换尿布、擦地板、给孩子们当车夫、缝补衣服、购物、准备一日三餐、写答谢卡、在花园里除草、偷偷地读一点诗歌……那几个字会时不时地出现在我耳边："光阴似箭。"

然后，她的生活改变了。开始是一点点地改变，但很重要。1962 年我们家搬到曼彻斯特，我父亲在那里做博士后工作。英国杂志《讲故事的人》接受了她的一篇短篇小说，这也是她第一次得到稿费。《讲故事的人》是一本月刊，主要是在车站卖给旅行的人。英国广播公司也买了她的一篇短篇小说《出于商业原因》，并于 1962 年 3 月播出了这个故事。

卡罗尔每天都要忙着照顾家人，她用挤出来的时间写了那些故事。回到加拿大后，自六十年代中期起，她也开始创作并发表诗歌。1976 年，她出版了第一部小说《小型典礼》(*Little Ceremonies*)，那一年她最小的孩子八岁，她自己四十二岁。接下来，她出版了好几本诗歌集和短篇小说集，还发表了更多的小说、戏剧和纪实文学。

可是，她是怎么挤出时间写作的呢？美国国家公共电台《新鲜空气》栏目的特里·格罗斯在 2002 年问了她这个问题。

卡罗尔回答说："每个人都这么问我。"

那时我没有出去工作。我等［孩子们］上学了才写作，周末不写，晚上也不写，那些时间都不可能写作。但我常常利用他们中午回家吃饭前十一点到十二点之间的那一个小时。我得把满屋子乱扔的袜子捡起来，做完诸如此类的事，然后尽可能写上两页。这就是我对自己的要求。有时候，下午在他们回家前，我会回过头去看看上午写的那两页东西，有时也许会重写。但我一天里真的只有大约一个小时或一个半小时。我就是这么安排时间的，一天写一页或两页，如果我没有完成两页，晚上就坐在床上用那种常见的便签本很快地写上两页，然后关灯睡觉。我就这样坚持了九个月，在第九个月末，我完成了一本小说。我知道该怎么利用一小段一小段的时间，我把整部小说想象成一串车厢。我有九个车厢，每一章都有一个标题，第一章是9月，然后是10月、11月、12月，对于一个初次写小说的人来说，这是非常容易把握的结构。

我从母亲那里学习到的关于如何利用时间的艺术是：利用任何你可能挤得出来的时间，然后安排你的任务，让它适应你的时间，而且能够让你完成你想要完成的工作。几年之后，我自己的第一本和第二本小说的很多内容都是我在曲棍球场用手提电脑写的。那是我能利用的时间。（我得说，电脑发出的嗡嗡声和亮光有一种暖意，让昏暗寒冷的曲棍球比赛场地变得温暖起来。如果哪个打球的孩子可能要做什么我必须注意的事情，其他家长会好意地提醒我，以便我事后可以发表意见。）

这些也许不是完美的时间，也许没有你想要的那么多，但如果我们能挤出一点点时间，把它们安排好，也许我们就可以把零零碎碎的时间变成可以保留下来的东西——一首诗、一个故事、一本传记、一部小说。日子没法延长，但它们可以被加以塑造。

从母亲的经历、从我自己的经历，还有就是通过观察其他忙碌的成功人士，特别是那些创造型人士，我一次又一次地意识到，时间的性质要求我们有意识地计划我们的目标，去关注对于我们而言最重要的人和事——朋友、工作、家庭、艺术——把它们像折纸一样折好放进我们拥有的时间里，或者还有另一个选择，根据那些重要的任务调整我们的时间。

如果我们能开始改变原来认为工作不堪重负而时间永远都不够用的看法，一定会大有帮助。当我们以匮乏的心态看待生活时，就会感觉生活窘迫；当我们采取富余的视角看待生活，就会拥有富足的生活。时间也是如此。我们应该认为时间珍贵但充裕，而不是总嫌时间不够。这种改变就是要把挑战（比如，怎么挤时间）变成有利条件（比如，我该怎么充分利用这显然属于我的时间）。

我们存在的每一秒、每一个小时、每一天、每一周、每一月、每一年，说到底，都是奇迹。正如那位数学教授敦促学生的那样，所有这些时间我们都不应该浪费。但事实上，时间并非稍纵即逝，关键是我们要把它看做可以延展的东西，有充足的时间可以让我们按照自己的心愿去尽情使用。

正如我前面所说的，以结构化的方式来想象时间非常有效。

一个办法是把时间和在这个时间里要完成的任务当成车厢，这是母亲构思她的第一部小说时想到的隐喻。你是否有过被困在铁路道口的经历？火车在你面前经过，仿佛没完没了，油罐车后面是客车厢或货车箱，你想等最后一节列车员车厢出现却似乎永远也等不到。特别是在北美，谁没有过这种被困在铁轨另一边的经历呢？时间就像火车。眼前的此时此刻连接着存在于过去和将来的几乎没完没了的时间链。日子是延展的。火车很长。车尾的列车员车厢还离得很远。如果我们把时间或工作或二者同时变成车厢，或者变成其他随便什么对你有帮助的分段——我们会发现我们确实拥有用来启动、构想和写作所需的时间。不需要每一天，不需要每一年。（我母亲说我们搬一次家她就会失去一年时间。）但我们会比以前更能控制时间，而原来我们以为自己做不到。

在1996年英属哥伦比亚大学毕业典礼的演讲上，卡罗尔反思了那位数学教授的建议给她带来的焦虑：

> 时光匆匆，与我擦肩而过。我仿佛能听到时光马车拍打着翅膀飞驰而过的声音。我微不足道的生命被遗弃在灰尘中。我止步不前，至少我是这么想的。无论什么时候我停下来想到我的毕业日，"光阴似箭"这几个字都让我害怕，让我恐慌。我相信自己已经失败了，因为我没有用成就把每个日子填满。我没有全力以赴，没有充分利用我在这个世界上得到的时间。

其实，到1996年，又似乎更早一些，卡罗尔对时间已经有了非常重要的认识。时间确实很珍贵，但并非稍纵即逝。她抚养了一大家人，她出版了几十本书，她去过很多地方，读了很多书。她拥有一段长久而且稳定的婚姻，还有充满活力和快乐的友谊。作为朋友、母亲、老师和导师，她和数千人交谈过，他们一起开怀大笑，分享自己的想法。她写过无数的信，刷过无数次地板，擦干过无数次的眼泪，她包礼物、拆礼物、采花、烘焙、争论、跳舞、睡觉、哭泣——她经历了生活所能展示的一切。她的结论是什么呢？

光阴并非似箭。

那天她这样告诉在座的学生：

> 时间并不残酷。假如我们有幸能健康长寿，就像我们中的大部分人那样，我们就会有很多时间，大把大把的时间。我们有时间尝试各种新的自我，有时间实验，有时间做梦、漂泊，甚至有时间浪费。我们有悠闲的时间，轻松的时间。
>
> 我们会有好过的日子和不好过的日子，这两种日子我们都能过。并不是每一个小时都会充满世人所看重的意义和成就，作为弥补，我们会拥有很多丰富、充实、令人心满意足的时光，我们将成为时间的合作者，而不是它的受害者。
>
> 我们大多数人最后会发现，我们的生活不是一条由成就组成的向上攀升的直线，而是许多有趣的章节。

我们不一定都有健康长寿的好运气。我的母亲就没有。十三年前一个美丽的夏日，刚过完六十八岁生日没几天，她就死于乳腺癌，癌细胞已经转移到肝和其他部位。我们中的有些人活不到她那个年龄，有些人会长命百岁，所以就算是小钱也还要省着花，以防万一——说不定你要靠它维持很长一段时间。

我们所有人都能够也应该充分地享有时间，不要担心没有时间。我们创造时间。物理学家告诉我们，时间以流动的形式存在，在一定程度上，它之所以确实存在，只因为我们充当了参照点。如此说来，我们就没有理由成为它的受害者。我非常喜欢母亲的说法——我们应该充当正确的角色，那就是时间的合作者。我们度量时间，粗分或细分，我们出售时间，计算时间，把它变成钱和商品，但在这么做的时候，我们是有意识的行动者，我们决定应该怎样使用和度过时间。

在读海伦·麦克唐纳（Hellen Maconald）精彩的回忆录《H是鹰》(*H is for Hawk*)时，这个合作者的形象出现在我脑海中。麦克唐纳挚爱的父亲是一位摄影记者，在他去世后，麦克唐纳几近崩溃。这本书描写的故事发生在英国剑桥及其附近，记录了她训练猎鹰艰辛而痛苦的过程。

在驯鹰过程中，主人和猎鹰之间的关系不是受害者和掌控者，而是合作者。你看到驯鹰人戴着手套托着猎鹰，手套和猎鹰之间有一根轻盈的长绳，那是用来在训练过程中拴住猎鹰的，这时你会了解他们如何合作，走近死亡——因为说到底猎鹰是以捕食其他动物为生的猛禽。

作为母亲的女儿，我也这样看待时间，那种彼此相连的合作关系。我们手上的猎鹰振翅欲飞，朝死亡飞去，而我们却是充满活力地联系在一起，鼓励彼此要充分享有时间——活出智慧，活出热情。

我最后一次直接从母亲那里获得建议也许是在她去世两年之后吧。在我的第一本书《幸福的悲哀真相》(*The Sad Truth about Happiness*) 巡回宣传开始时，我预约了一个安排在凌晨的电视采访节目，当时我等在后台，准备走到镜头前与主持人会合。我有时差反应，非常紧张，心里担心着家里三个年幼的孩子。这时，我感觉到有人轻轻地压了压我的肩膀，左耳边听到的是母亲的声音。

我听到她说"要淡定"。

我并不相信什么鬼神，但我知道，有时候大脑会传递令人安心和宽慰的信息，这属于可以合理解释的范围。

我们希望其他写作者也能读到这本书，并因此心怀感激。他们或许也正好需要帮助，但愿他们和我们一样幸运，也能够听到这个声音，并从中获得鼓励。

在阅读中认识我的外祖母

尼古拉斯·贾尔迪尼

我不记得外祖母给过谁建议。我记得的是户外的散步,是她给我的亲吻,是一起喝茶,是那些总是留给我无数问题的交谈,是大大的拥抱,还有爱。我的外祖母显然爱所有的孙辈,我很幸运也在其中。她去世的时候,我才十一岁,在年幼的我的心目中,她只是一位外祖母——我的外祖母。

直到几年之后我进了中学,我才开始阅读外祖母的小说。我在一本英语课的文选中第一次发现了她的小说。我一直知道我的外祖母是作家,但我感觉自己还太小或者说是太胆怯,不敢读她写的书。我偶然发现的那第一篇小说让我变得更加勇敢。我记得,那天我没有阅读老师布置的文章,而是读了我的第一篇卡罗尔·希尔兹小说《天气》(*Weather*)。我被迷住了。那一年,我读遍了外祖母所有的书。(当然,那个阶段我读的书很杂,在读她的小说同时,我还读科幻小说以及斯蒂芬·金[①]的小说。)我读的第一本书是《除非》。那些滑稽的地方让我捧腹大笑,那

[①] 斯蒂芬·埃德温·金(Stephen Edwin King,1947—),美国作家,编写过剧本、专栏评论,曾担任电影导演、制片人以及演员。代表作品有《肖申克的救赎》、《绿里奇迹》等。

些悲伤的地方让我唏嘘落泪，那些描写性爱的文字让我觉得很难为情。我对作为作家的外祖母有了和以前不一样的新的认识。

我的母亲安妮·贾尔迪尼在2013年母亲节那天向我提议要编这本书，尽管我并不觉得那一天对她来说有什么特殊的意义。我的母亲每天（每小时？）都在思念她的母亲，我很怀疑她在告诉我这个想法之前已经策划这本书很久了。当时我住在渥太华，大学快要毕业了。母亲告诉我卡罗尔的资料存放在渥太华市中心的加拿大国家图书档案馆——有几十箱，也许是几百箱资料，都是这些年运送过去的。妈妈想象着一本书——就是这本书——内容是外祖母关于写作的建议，全部来自她自己的文字。她问我是否有兴趣去读一读那些档案，看看能找到些什么？

几个星期后，母亲到渥太华出差开会。她挤出几个小时来找我，详细地给我描述了她的设想。除了这本关于写作建议的书，她还有很多其他想法：我们是否可以设立一个写作奖？或者举行一次用绘画表现卡罗尔·希尔兹诗歌的比赛？或者设立一个年度黛西·古德威尔·弗莱特日[①]来纪念那些从公众生活的中心缺席的女性？妈妈是那样执着坚决，有股不达目的誓不罢休的干劲，这是我不常看见的一面。她的兴奋激起了我的热情，让我产生了强烈的冲动，想要知道那些档案中到底有什么宝贝。

我们填了一些表格，没过几天，我就收到许可通知，让我进入档案馆去看卡罗尔·希尔兹的材料。我再一次感受到了在

[①] 黛西·古德威尔·弗莱特（Daisy Goodwill Flett），卡罗尔·希尔兹最著名的小说《斯通家史》中的主人公。

中学文选里看到"卡罗尔·希尔兹著"这些字眼给我带来的激动,那是一种知道可能会有奇妙发现的激动。档案馆的工作人员经验丰富,我发现他们把这些资料整理得井井有条,非常好找。档案员凯瑟琳·霍布斯从1997年开始就负责这些资料的分类和整理,她全程陪着我寻找有用的资料。她教我怎么使用她准备的那些检索工具,建议我认真记录找到的材料,并且记下出处。我从来不是一个特别有条理的人,但为了不让妈妈(还有凯瑟琳)失望,我非常仔细地记录我在那里度过的每一天。

检索工具就像餐馆里的菜单。我挑选出可能有用或有趣的东西,我拿到了信件、文章、草稿和剪报,有的我用钢笔在空白处做了笔记,有的用荧光笔标记出来。在那些纸上的空白处以及我脑海里的空白处,我开始和外祖母建立起一种私人情感。我开始知道她是谁,对于很多很多人来说她曾经有多么重要,甚至受到他们的爱戴。在我到达档案馆的第一天,当我如饥似渴地翻看那些资料的时候,我的脑海里不时地出现我小时候妈妈的样子。我静坐在那里,思绪万千,无比亲切地盯着那些文字。我希望除了我要找的写作建议外,我还能找到一些能够帮助我理解她为什么被人们深爱的理由。

我索要了任何我觉得可能有趣的材料,以及那些一点一点展现外祖母人情味的东西。我当时的笔记上零乱地抄录了那些我喜欢的段落和句子。我最早读到的一封信是阿莱特和比尔·贝克夫妇在1994年写的。他们读到卡罗尔写的一篇关于旅游的文章后,写信给她,告诉她如果她和我的外祖父唐去法国的某个地方,一定要给他们打电话或去他们家。贝克夫妇之前从来没有见过我的外祖父母。他们四个人成了好朋友，在卡罗尔和比尔去世之后，唐和阿莱特开始了一段长时间的友谊。这一切都源于那封信。

我读到一封外祖母回复多伦多书城"大胆"请求的信。书城写信给她，希望她能够同意把自己的头像印在购物包上，作为加拿大作家系列活动的一部分。外祖母礼貌地表示了拒绝。

我发现了很多来自书迷和熟人的祝贺信。我以前从来没有想到过有那么多人会真的花时间给作者写信。我的外祖母似乎有一种能让人一见如故的天赋。我最喜欢的读者来信是邦尼写的，她在我外祖母的《斯通家史》获得1995年普利策奖后给她写了这封信：

> 去年在 T.O. 我有过几次非常痛苦的经历，我真希望自己年轻漂亮，或者与众不同，或者随便怎么样，只要不是我现在这个样子就行。看到有人视线掠过你的头顶去看有没有更重要的人可以交谈，那种感觉简直让我回到可怕的童年。不过这么做的人其实并不是真正的获奖者……我清楚地记得几年前在里贾纳的环球剧场举行的一次招待会上，你看我的眼神是专注的。我想你也用这样的眼神看过很多人吧。
>
> 现在再也不会有别人的目光越过你的头顶了。祝贺你。

另一封我最喜欢的信来自一个叫拉里·韦勒的人，他感到非常困惑，因为他的名字和《拉里的家宴》中的主人公名字一模一样。在一封文笔流畅的手写信中，拉里表达了发现自己成为小说主人公之后的惊愕。（"你怎么知道的？你什么时候在观察我？"）

我还发现了一些我妈妈和她妈妈之间的通信，关于家人的信，关于工作的信还有关于写作的信。我发现了一封非常可爱的信，妈妈津津乐道地描写了我小时候的样子：

> 尼古拉斯这些天长得飞快。他有冷静分析的神奇能力，这让我非常惊讶。我告诉过你，我觉得自己可能太宠爱他们，我想我说的是尼克。他太可爱了，懂事、细心、聪明，我担心我这么爱他是不是有点过分。

这些有趣的片段散布在其他资料中。我发现了几百页包括写作建议在内的资料。我通读了外祖母和很多作家之间多年的往来信件：有些是经验丰富的作家，有些还在摸索如何起步如何发展。我看到了外祖母上创意写作课时用的课程讲义和给学生布置的任务。我看到了她给毕业生演讲的稿子，还有参加会议的发言稿。来自不同国家的人们寻求她的建议，希望向她学习。她受欢迎和崇拜的范围非常之广，简直让我无法理解。我看到了她的谦卑，也看到了她的自我意识，更看到了她对别人的关注。外祖母几乎给每个和她联系的人回信，她的信里表现出始终如一的关心和尊重，就像她对我一样，晚上给我讲故事，早晨带我去喝热巧克力，似乎总有充裕的时间陪我。

中学时为了开始读外祖母写的小说，我需要的契机是在那本文选里发现她的名字。妈妈为了给我提供了一个类似的契机，让我去档案馆换一个角度了解我的外祖母。在妈妈提议编写这本书的前几年，我已经知道了这些资料的存在。有一次我甚至已经写好了阅读这些资料的申请，但最后还是没有行动。那四年间，这些资料就在离我所住的地方几个街区之外，而我却一次也没有走近过那幢楼。我先得需要一个去那里的理由。我需要的就是妈妈的那个电话，听到她声音里希望了解卡罗尔的决心，以及她希望我也要了解的决心。她完全可以雇一个研究者，但她让我去做这件事。她想让我看到外祖母崭新的一面。

我知道，我对外祖母的认识会不断加深。就在最近，妈妈的妹妹，我的小姨梅格让我把五十年代和六十年代的两卷家庭录像数字化，这些录像记录了我外祖父母在渥太华和多伦多家里的生活，所以我也有了机会让自己沉浸在那段无声的历史中。能够在这些录像、照片、文章和建议中了解她，我实在是太幸运了！

我在这些档案中找到的关于写作的建议正好也是我非常需要的。我身体里的那个写作者——确实存在着——在很多方面都需要成长和成熟，如果我决定开始写作，或许我已经决定，那么我在为编这本书所作的研究过程中读到的文字也许给了我某些需要的东西。

第一章

作家首先是读者

我从来无法把我的阅读经历和写作分开。我们都知道,在我们刚开始阅读的时候会有一个阶段,我们会不加选择地读书,没有人指导我们,我们会对我们读的书着迷。那时我们根本不知道什么批评标准,我们是那么的天真无邪,充满了渴望,没有任何成见,我们根本不会特意去找什么书,而是有什么就读什么,比如家庭藏书、小伙伴的书。这些书比图书馆里挑选的书或学校里必读的课本更容易也更能彻底地进入我们的身体。

在文学圈里,人们常说,作家们在年轻的时候"可以自由地使用他们父亲的藏书",这样的陈词滥调主要适用于贵族和男性。你可以想象橡木墙板、壁炉、一排排皮面精装的大部头书籍,这里面当然有莎士比亚,还有古希腊剧作家、拉丁语诗人、教会的神父、狄更斯、司各特,几乎全部是男性作家,书和读者之间看不到有什么联系。

我父母的书放在阳光房的一角,有一个四层的书架是买1947年版《世界图书百科全书》时免费赠送的,书架看上去像是红枫木的,已经褪色。书架上还有一套《书国漫游》①、两卷诗

---

① 《书国漫游》(*Journeys through Bookland*) 首次出版于1909年,由查尔斯·西尔维斯特(Charles H.Sylvester)收集并编辑。这套书最早的版本共有11卷,包括经典小说、诗歌、散文、传记、自然故事、科学、历史、神话、童话和儿歌。

歌、詹姆斯·惠特科姆·赖利①的作品（我一直以为他是个伟大的诗人，直到上大学后才知道并非如此）以及埃德加·A. 格斯特②的《一堆生物》(*A Heap o' Livin'*)。书架剩下来的空间也就几英寸了，上面挤放着我父母小时候的书。

我父亲有几本霍雷肖·阿尔杰③的书：《运气与勇气》、《衣衫褴褛的迪克》、《努力与信任》等等，我每一本都读过，而且都很喜欢，也从来没有想过要批评它们是在道德说教，我上的卫理公会主日学校不说教吗？每天在教室里听到的不是说教吗？好意的父母每天灌输的不也是说教吗？这是世界的自然状态，一半的人执意要让另外一半人变得更好。我也并没有觉得奇怪，为什么二十世纪四十年代和五十年代的我要读十九世纪末二十世纪初的读者应该读的书。我几乎没注意到这种时间差，而是进入了一个没有断裂、不受时间影响的世界，那里没有我们用来标记历史的重大事件，比如战争、大选和社会动荡。偶尔出现的古词很容易被忽略，因为孩子的世界本来就不完整，或者只有一些一知半解的概念。

除了霍雷肖·阿尔杰的书，其他我读的书都是我母亲的，特别是其中的四本，两本是加拿大作家写的，不过那时我并

---

① 詹姆斯·惠特科姆·赖利（James Whitcomb Riley, 1849—1916），美国作家、诗人。
② 埃德加·A. 格斯特（Edgar Albert Guest, 1881—1959），出生在英国的美国诗人，20世纪上半叶很受欢迎，被称为"人民的诗人"。
③ 霍雷肖·阿尔杰（Horatio Alger, 1832—1899），美国儿童小说作家。作品有130部左右，大都是讲穷孩子如何通过勤奋和诚实获得财富和事业成功。

没有注意到这一点。这四本书是:《绿山墙的安妮》①、《美丽的乔》②、《海伦的孩子》③和《肢体残缺的女孩》④。没有莎士比亚、霍桑、爱伦坡,也没有弗吉尼亚·伍尔夫、格特鲁德·斯泰因、薇拉·凯瑟——只有那四本书。

我的母亲是一个瑞典移民家庭中最小的孩子,她在伊利诺伊州的一个农场长大,在迪卡尔布师范学校读书,年轻时到芝加哥教书。她和另外三个姑娘在伊利诺伊州橡树园海明威家的三楼合住了一年,海明威的妹妹桑尼·海明威在上大学,家里需要一点额外收入。当时,海明威远在巴黎写《太阳照常升起》,当然我母亲并不知道这些,她只知道他的父母每次提到他时都很冷漠。有一次我母亲问他们:"他是作家吗?"他的父亲海明威医生回答道:"他只会浪费时间。"海明威的父母是很苛刻的房东,他们很吝啬热水,不让那四个年轻姑娘在家里招待男朋友。所以,一年后,她们就搬走了,我母亲和真正的文学世界就这样擦肩而过,她自己对这段经历不以为然,她的孩子们却非常激动。事实上,她从来没有读过海明威的作品,尽管有过这样一段令人兴奋的渊源,海明威对她没有任何影响。

---

① 《绿山墙的安妮》(*Anne of Green Gables*)是加拿大女作家露西·莫德·蒙格马利(Lucy Maud Montgomery,1874—1942)在 1904 年创作的长篇小说。
② 《美丽的乔》(*Beautiful Joe*)是加拿大女作家玛格丽特·桑德斯(Margaret Marshall Saunders,1861—1947)创作的一本关于爱护动物的读本。
③ 《海伦的孩子》(*Helen's Babies*)是美国作家约翰·哈伯顿(John Habberton,1842—1921)的作品。
④ 《肢体残缺的女孩》(*A Girl of Limberlost*)是美国小说家吉恩·斯特拉顿·波特(Gene Stratton-Porter,1863—1924)的作品。

她在《绿山墙的安妮》里发现的东西是显而易见的。她看到的是其他数百万人也看到的东西：与自然和谐相处的意识，一个勇敢、善良、率真的女性典范，她拥有战胜困难、改变逆境的情感力量。和向社会屈服的汤姆·索亚不同的是，安妮用充满激情的幻想改变了她周围的人。在故事开始的时候，她一无所有，后来却成为被深爱的女儿和朋友，前途一片光明。她是在没有任何人帮助的情况下做到了这一切：获得了吉尔伯特·布莱斯的爱，过上了幸福的生活，通过想象重新塑造了社会的价值观。

《美丽的乔》是马歇尔·桑德斯写于 1893 年的一本假自传，以一条杂种狗为第一人称讲述，这本书极受欢迎——虽然现在很难解释为什么。这条狗被嘲讽性地叫做"美丽的乔"，和安妮·雪莉一样，其实他并非一条人们通常会认为好看的狗；和安妮一样，他的名字既是他的耻辱也是他的荣耀。他还有一点也和安妮一样，虽然惨遭虐待，但还是通过自己的美德和勇气找到了爱。他讲故事的声音里饱含着最温柔的感情，一点都没有狗的痕迹——但作为一个孩子，我从来没有怀疑过狗也可以有声音或者有思想。

我也从来没有担心过母亲那些书中表现出来的多愁善感有什么不好。多愁善感就像巧合一样，似乎是美国人生活中的一部分，这一点在每周的室内喜剧《阿莫斯和安迪》[①] 的最后两分钟就可以看得出来。多愁善感是人类性格的一部分。

[①] 《阿莫斯和安迪》(Amos 'n' Andy) 是 1920 年代、1930 年代在美国广受欢迎的广播节目，也是 1950 年代的电视节目。

记得吗？安妮·雪莉崇拜文学："湖上夫人"①、汤姆生的《四季》还有《第三读本》里的一篇叫"主人坟墓上的狗"的什么文章，所有这些构成了兼收并蓄的选材，很能体现早期阅读书目的随意性。安妮对诗歌的要求，用她自己的话来说，是要让她的后背上下"有一种绷紧的感觉"。我也非常想要那种后背绷紧的感觉，我现在意识到，这和艾米莉·狄金森那种要求诗歌要让她感觉头顶被掀掉的标准太不一样了。也许这就是美国式感受力和加拿大式感受力的区别：一个是斩首式的大爆炸，而另一个仅仅是脊椎骨有点感觉。

加拿大社会活动家及作家内利·麦克朗（你看我们加拿大人总是觉得必须停下来点明加拿大作家的身份）在她的自传中叙述了她在《第二读本》中读到一篇《忠实的狗》时热泪盈眶，她的老师对她的反应大加赞赏，断言："这里有一个既有感情又有想象力的学生，她以后一定会成功。"我们都知道，她确实成功了。

在我母亲的书架上没有薇拉·凯瑟，没有弗吉尼亚·伍尔夫，没有乔治·艾略特，没有简·奥斯丁。我的母亲没有看过这些作家的书，她也许觉得这些作家对于她这种背景的人来说太沉重，太令人生畏。她一直读书，但她读的都是文学边缘大众化的书。和我母亲一样，孩童时候的我也是作为一个圈外人接近文学的，那时我对那些被称作经典的又黑又厚的书心存敬畏，不过，有一位和蔼可亲的高中老师在说到《织工马南》时

---

① 《湖上夫人》(*The Lady of the Lake*) 是沃尔特·司各特在1810年发表的一首叙事长诗。

告诉我们,所谓经典,指的是那些人们长久以来都喜欢的书,这消除了我对这个术语的神秘感。后来我发现有些所谓的经典——比如海明威,在一定程度上还有康拉德,他们的世界是我进不去的,因为我不属于他们表现的那个世界,那是一个关于男人、行动、权力、思想、政治和战争的世界。

我们会说"迷失在书中",但我们实际上更接近于一个找到自我的状态。例如,我们手捧一本关于东印度家庭的小说缩在角落里,我们并不是在逃避我们原本支离破碎处于边缘的世界,而是在扩大我们的自我意识、增加可能性、扩展人生阅历。说到底,人们的生活都很不幸地受到限制:我们只能在那么几个地方生活,只能做很少的几样工作;我们只能爱有限的人。也许我这里的话有自我推销之嫌,阅读,尤其是阅读小说,让我们能够成为他者,能够触摸和体验他者,感受不同的震撼和满足感。小说让我们保持自我,但同时又可以进入另一个人设定了边界的世界,分享读者和作者之间那种私密的凝视。你的阅读可能是你生活的一部分,而且很多时候也许是你生活中最好的部分。

我似乎总是通过印刷文字获得信息,而不是通过其他方式——我想这就是我语言不精彩的原因。我不知道为什么有些人就是这样。我非常嫉妒那些能让自己的感官完全向世界敞开的人,而我似乎做不到。另一方面,完全依赖自己的经历对于我来说似乎就意味着把自己局限在一个很狭小的自我中。我们在生活中的经历非常有限，事实上是少得可怜，因此对我来说，小说最大的好处就是可以扩展生活，而不是逃避。下次再谈这个——不过我认为你应该在直接经验和间接经验之间获得平衡（但我不确定阅读算不算间接经验）。

——写给安妮·贾尔迪尼的信

新科技没什么可怕的——但书面文本有形式上的顺序、语气、声音、嘲讽、劝导，这和电子信息形成了鲜明对比。我们可以栖居在书中；我们可以拥有它的同时被它拥有。评论家及学者玛莎·努斯鲍姆（Martha Nussbaum）认为，能够专心阅读严肃小说的人一定是具有同情心并且有道德感的公民。散文的节奏可以训练一个人的移情想象和各种理性情感。

我们需要形成文字的文学，因为它能让我们更彻底地体验，更丰富地想象，让我们能够更自由地生活。通过阅读，你在接触最好的自我，我也认为，阅读让我们不需要远行就知道我们最私密的感知实际上是普世共有的。你的阅读范围会和我的阅读范围相交，还有他的以及她的。阅读给了我们一个最好的网站，在这里，人们的注意力、意识、思考、理解、清晰的表达和文明的举止都汇集在一起，获得一种经过转化的经历。

一旦写过一两本书，别人就会给你套上专家的光环，这真是件怪事。人们常常向作家发问，各种刨根问底的问题，提问之后会有短暂的充满期待的沉默——在片刻的沉默之后，人们希望作家会发表连他们自己也从来没有想到过的高论。什么是短篇小说?作家应该承担政治责任吗?散文和诗歌的区别是什么?什么是文学?什么是……生活?

有一个别人从来没有问过的问题,也是我害怕的问题:你为什么写作?毕竟写作是一种相当自以为是的行为,特别是因为我每天都会遇到比我年长的人,比我有智慧的人,比我有更多旅行经历的人,比我更有探险精神和勇气的人。所以指望人们用宝贵的时间来阅读我写的东西是不是有点鲁莽?是的,确实是的。我只是提出这个问题——我还没有找到满意的答案——但我认为我们应该相信,我们每个人的视角不论多么有限,却是独特的。决定这个视角的是我们在哪里度过最初的十八年,怎样度过这十八年——这一点千真万确。

在一次采访中,我描述了橡树园,那是我长大的小镇,一个没有酒馆只有教堂的小镇。在我童年时期,那里的人口全部是白人,那里的家庭每周都会去教堂,十几岁的女孩到了周末就会戴上帽子和白手套到彼此家中喝茶,在我去上大学之前我从来没有听到有人大声说过脏话。采访我的人说:"听上去你就像在塑料袋里长大的。"我说:"没错,是的。"说完之后我就后悔了。

事实上,虽然五十年代的橡树园有很多狭隘虚伪、自以为是的东西,奇人怪事在那些绿树成荫的街道上却屡见不鲜,我不知道该怎么解释这种现象。时不时出现的反传统者让人大跌眼镜,人性大戏在共和党平静的表面之下上演着,我越来越意识到所有的人际关系都是复杂的,甚至是在那个在文学中被称为郊区中产阶级的圈子里,这个危险的圈子在我们的小说中常常被忽略。

再回到前面说的塑料袋,请允许我借用英国作家 E.M. 福斯特的话,塑料袋上其实有很多可以透气的洞洞眼。如果我们有幸能看到一些不一样的东西,那会增加我们已有视角的敏锐性和多样性。当时沃尔什一家就住在街对面,他们家的双胞胎弗兰克和丽兹,还有乔,成了我一辈子的朋友,为我提供了对于一个作家而言无比重要的珍贵素材:某个形象或某个承诺,甚至还有更多,更多可能性,更多存在的方式,某些超越了这个看上去人人都快乐无忧但视野狭窄的世界的东西。

我在橡树园时的三点一线:学校、教堂和图书馆。从一开始,图书馆就获得了我的绝对青睐。作为一个孩子,我读过很多书,但只拥有过三本自己的书:《丁香花下》①(我觉得相当无趣)、惠特科姆·赖利的诗集,还有我敢说读了不下一百遍的《第十七个夏天》②。我不觉得我还需要其他书,也不会因为没有其他书而感到失落,因为在我的童年,我们每周至少要去一次图书馆。那里的故事会结合了叙事和戏剧,让我看到了纯粹的魅力,那是我对戏剧最初的了解。故事会安排在地下室一个很大的房间里,一位和蔼可亲、未婚的中年女图书管理员站起来,给我们讲故事,而不是读故事——那时所有的图书管理员和老

---

① 《丁香花下》(*Under the Lilacs*) 是美国女作家路易莎·梅·奥尔科特 (Louisa May Alcott, 1832—1888) 的儿童小说,发表于 1878 年。其代表作品是《小妇人》。
② 《第十七个夏天》(*The Seventeenth Summer*) 美国作家莫林·戴利 (Maureen Daly) 的少年长篇小说,发表于 1942 年。

师都是未婚的中年女性。那是一种特殊的经历。我记得一个狂风暴雨的寒冷周六,只有我们四五个人到场。那一次,我们没有去地下室,而是围坐在楼上的小圆桌前,我抬头看着其他孩子的眼睛,我清清楚楚地看到了痴迷的目光。我们是与众不同的,其他孩子也喜欢这个周六早晨的仪式,而我们,因为某种原因,是真的需要它。

每年秋天,图书馆馆长梅斯小姐都会到各个学校去,向孩子们介绍图书馆。她告诉我们什么是杜威十进制图书分类系统,告诉我们亚伯拉罕·林肯走十二英里路去还书的故事。她让我们看橡树园的人如何不爱惜图书,他们总是折叠书角,或是用一些稀奇古怪的东西当书签:蓝色的松鸦羽毛、烧焦的火柴棒,有一次——"有一次,孩子们"——竟然是一片培根。想到这个人,想到如此野蛮的大胆行径,我真是太兴奋了。

记得有一个夏天的晚上,我抱着一大摞从图书馆借的书走回家,我每次都会用尽我的借书额度。经过离我所住的凯尼尔沃思大街两个街区远的一幢房子时,透过黑暗的纱窗,我可以听到屋子里的人说话的声音——让我惊讶的是,他们竟然说的是外语。这些人是谁?他们说的是什么?在离家这么近的地方出乎意料地听到外语让我的心头闪过一丝幸福的感觉,这种幸福感和我听到诗歌的节奏或看到故事发生转机时获得的幸福感是一样的。

在这里,我得说,有了自己的孩子后,他们在公共图书馆的如鱼得水让我备感焦虑。有很长一段时间,我似乎要花很多时间爬到床底下去找他们过期四天或者四个月的书。我交的图书馆罚金常常是两位数的。有一次，我问图书管理员，我们是不是附近这个地区最糟糕的一家人，让我欣慰的是，她说，不是，还有另外一家……有一次我接到安大略省帕里湾一个图书管理员的电话，邀请我去那里朗读。当时我听到是图书馆的电话，第一个反应是不知哪个熊孩子的书又过期了，虽然我从来没有去过帕里湾。

橡树园的所有学校都是以著名作家的名字命名的。我低年级那几年是在纳撒尼尔·霍桑公立小学读的，后来转到了拉尔夫·沃尔多·艾默生小学。这两个杰出人物的画像就挂在学校入口的大厅里：留着胡子、穿着礼服大衣、戴着领结、表情异常威严。显然，他们属于一个特殊的世界，一个我无权进入的世界。

在这里我要坦白一点：我喜欢我一年级时的读本，那本拙劣粗糙的《迪克和简》（*Dick and Jane*），虽然我知道书里那些快乐的中产阶级形象让一代代的年轻美国人觉得格格不入，产生了负面作用。我渴望拥抱穿着围裙的妈妈、戴着领结的爸爸，我喜欢迪克和简干净的白袜子，喜欢他们的美德，喜欢他们为一点点小事表现出来的近乎疯狂的热情。但我喜欢他们主要是因为他们打开了我通往阅读世界的大门。对于后来成为作家的人来说，对于很多读者来说，发现这个"密码"是童年时期主要的精神体验。我很幸运，在我的老师中，二年级时有一位塞勒小姐把教室一角设计成一个小图书室，地上铺着她从家里拿来的小地毯，还有一个书架，书架上放着一个小小而温馨的台灯。我们做好作业后就可以走进这个"房间"，第一个进去的人还可以负责拉小台灯上的开关线。那简直就是魔力，那是我们的避难所，我们的舞台，我们的家园。

我在艾默生小学上四年级时，有一位佩尔苏小姐每天八点半就到学校为愿意来的学生朗读，结果每一个学生都会来。还有一位汉森小姐——梅布尔·汉森小姐（我们可喜欢打听老师们的名字了），在我六年级没能在全国书法比赛中获奖时，抱着我坐在她的腿上。到了七年级和八年级，还有另一位梅布尔，梅布尔·克拉布特里①，她的姓对于一个初中老师来说绝对是个累赘。她很害羞，但每次讲课讲到南北内战时就会变得特别生动活泼。（"哦，孩子们，"她在讲葛底斯堡战役，"哦，那股死尸的恶臭。"）在我们眼里她似乎已经很老了，可是万圣节晚上我们去敲她的门，她邀请我们进去，把我们介绍给一位更老的克拉布特里夫人，哎呀，真的是老很多。我们觉得无法想象，但这是真的：原来克拉布特里小姐还有妈妈。

高中时，波特小姐让我们背诵一百句短小的名言，她相信这对我们有用，确实很有用，现在仍然如此。那些在林登小姐高级创意写作课上的学生知道能上她的课是一种殊荣，为了获得这个殊荣，还得有人特别推荐才行呢。巴斯基先生有一天上美国历史课时突然停下来，他说："我今天感觉自己很有哲学智慧，我要告诉你们我一直在想什么。"他说的东西很有必要也很及时，是关于人际关系的重要性，但我至今不能忘记的是，他让我们知道规定的程序是可以打破的，这真是让我既吃惊又如

---

① 克拉布特里的英语"Crabtree"会让学生联想到"crab"（螃蟹）和"tree"（树）。

释重负。

我很早就知道写作是我的职业，因为所有其他我尝试过的事情——音乐、手工、体育——都做得不怎么样，只有在写作时，我的笨拙感才会消失。而且，也没有人因为我想当作家而不高兴，没有人会说"你真是疯了"，或者干脆直接说"你以为你是谁"。相反，老师们建议我为班级创作戏剧，或者向文学杂志投稿。这真的是件很奇妙的事。

这让我想到了前面那个问题——作家为什么写作？因为写作中有快乐：创作的快乐，想象的快乐，发现即使我们老了某些模式仍然存在的快乐。我所做的发现之一就是揭示各种形式——反映现实的形式，质疑既定传统的形式，不拘成规，自然地、悄悄地、常常是不知不觉地展示众多不一样的世界。

立志成为作家的想法在我很小的时候就有了，但我花了两年时间才想清楚我要写什么，为谁而写。

在我找到方向之前，我需要树立几方面的信心。我要学会依靠我自己的声音，在那之后，我要相信我自己的人生经历是有价值的。刚开始这让我感到恐惧。我孩童时候读过的书讲的都是勇敢的冒险和彰显勇气的壮举，这些故事发生在山顶或大都市，绝不是我的家庭所在的这种草木繁茂的宁静郊区。这就好像书架上有一块地方是空着的，没有人讨论这块空白，而我知道它就在那里。

渐渐地，我意识到我应该写的书就是那些我自己想读的书，那些我在图书馆里找不到的书。那块空白的地方应该填满。刚开始时，我小小的世界也许只够写一页，后来会变成几百页，也许几千页。我在广度上的缺陷可以用精确度来弥补，把每个细节都写好，把每一个经历都描写得让人有不同程度和层次的期待。比如，我可以写一个关于纳撒尼尔·霍桑小学的故事，写一个名叫纽伯里小姐的校长（我们在背后叫她"蓝莓小姐"[①]），写孩子们在学校操场上经历的恐惧感，写一个名叫沃尔特的胖男孩在学校里的痛苦经历，他说话带英国口音，他妈妈逼着他戴领结上学。我还可以写人的各种愚蠢行为，写生活中经历的那些小小的解脱和救赎。

我知道，如果我注意观察，如果我足够细致，如果我遵守规则然后又很谨慎地打破这些规则，我就可以成为作家。

我发现很难把我作为读者的生活和作为作家的生活分开，在我读过的书里，我首先寻找那些显然是经过深思熟虑才写得出来的语言，我还留意那些使用起来有风险的表达方式，我能看出它们的特殊之处，但我自己没有这么用过。最后，我希望从另一个国家获得一些新鲜的信息，可以适度地让我把我眼中的世界进行显微、放大。别的，我再无奢求。

[①] 这位女校长姓 Newbury（纽伯里），学生给她起绰号叫 Blueberry（蓝莓），因为这两个词的后半部分发音相同。

简言之……

- 作家首先是读者,因此,所有的写作都始于阅读。
- 作家阅读的第一本书常常是在父母的书架上发现的。
- 阅读让我们能够成为他者,能够触摸和体验他者,感受不同的震撼和满足感。
- 散文的节奏可以训练一个人的移情想象。
- 阅读让我们不需要远行就知道我们最私密的感知实际上是普世共有的。
- 我们为什么写作?为了获得创作的快乐、想象的快乐、发现即使我们老了某些模式仍然存在的快乐。为了揭示各种反映现实和质疑既定传统的形式,然后不拘成规,自然地、悄悄地、常常是不知不觉地展示众多不一样的世界。
- 要成为作家,就要知道你应该写什么,为谁而写。
- 要学会依靠自己的声音,要相信你自己的人生经历是有价值的。书架上空出来的地方只有你自己的声音和故事可以填补。
- 去发现那些你自己从未使用过的表达方式,从另一个国家获取新鲜的信息,以此扩大你眼中的世界。

第二章
那些让写作者望而却步的荒唐说法

一到谈论写小说这个话题,作家们常常会显得不知所措,这真是一件奇怪的事。爱丽丝·门罗有一次说过,告诉别人怎么写作就像玩杂耍的人向别人解释自己是怎么让成摞的盘子在空中平衡而不掉下来的。有些作家认为写作是"不可描述的",这个词其实是那些认为自己是描述者的人永远不该使用的一个词。有很多作家都无法准确地告诉你短篇小说是什么,他们却标榜自己写了短篇小说。你也许会说,这也太胆大妄为了吧。

如果你问一个作家为什么写作,他或她会很不情愿回答这个问题,会顾左右而言他,在这个没有英雄的时代,几乎没有人会说:"我写作是因为我必须写。"

我有自己的写作。

"你有自己的写作!"朋友们说。所有人都轻轻地对我这么说:可是你有自己的写作呀,雷塔。没有人会直截了当地说我的痛苦最终会变成我写作的素材,但他们也许就是这么想的。

——《除非》

写作是一个神秘的过程，而这种含糊其词的表达更增添了它的神秘感。写作纷繁多样，它源自无数神奇而无法看见的东西，写作意图千差万别，评判标准也变化多端，上一个十年备受追捧的作品到了下一个十年就被斥为质量低劣。

和所有神秘事物一样，写作有它自己的一套说法，有戒律，也有自由，或对或错，或有益或有害，其中有很多说法会给刚起步的写作者一连串的打击。让我来说一说其中的一些荒唐说法。

写作是表演。这句话有警句格言的效果，而警句格言是我们需要格外慎用的东西。这种东西听上去很好听，所以就感觉一定是对的。大多数作家会说写作是一个摸索着寻找某种真相的过程，是一种探索行为。琼·迪迪恩[1]明确地说，她写作是为了知道自己在想什么。我特别崇拜的一位作家普里切特[2]说过，他写作是为了看清楚自己以及自己生活的地方。请注意这些话里蕴含的谦逊态度，请注意他们温和但充满智慧的声音，也请注意这些看法如何有助于卸掉某些作家的包袱，他们原本认为自己写的每一个字眼都要发光，每一个观点都要令人眼花缭乱。如果你放眼看一看整个小说界，你会发现炫耀技巧其实只是其中很小的一部分，更多的是要让人物走进生活，然后倾听他们在说什么。

---

[1] 琼·迪迪恩（Jone Didion, 1934—），美国作家，在小说、非小说及剧本写作方面都颇有成就，其作品多角度展现了新新闻主义、女权主义和后现代主义。

[2] 普里切特（V.S. Pritchett, 1900—1997），20世纪英国短篇小说家。

另一条戒律，实际上包括了两点。第一点，所有的小说都是自传；第二点，你要写你知道的东西。这对于刚起步的写作者来说可真是一个严重的问题，因为他很有可能会低估自己知道的东西，他也很有可能不愿意暴露自己。作家自然是要写自己的经历，但事实是，很少有人会直接写。正如爱丽丝·门罗在《加拿大论坛》杂志上发表的名为"什么是真的"一文中所写的，她的小说会用一部分真实的经历作为发面引子——我想你们是熟悉烘焙术语的，还可以把想象出来的东西作为酵母巧妙地加在引子里。约翰·欧文[1]是一位我实在不敢苟同的作家，他曾在一篇文章中说他的写作源于对真实经历的修正和弥补。普里切特则始终认为，小说家的首要责任是成为另一个人。

最令人沮丧的忠告是这个：除非你有话要说，否则就不要开始写作。你是不是经常听到这句话？每个人当然都会有话可说，不管他是否写下来。你不可能到了六岁还从未感受过恐惧或强烈的快乐，你不可能到了十二岁还没有体验过痛苦，你不可能到了十八岁还不知道爱一个人是什么滋味，或者没有爱过人有多么痛苦。每个人都有话可说，也许这些话没有像哲学或政治观点或道德信念那样以清清楚楚的线性模式表现或安排出来，但原材料就在那里，那是可以写的"东西"。

这里还有一条。如果你想要发表，你就得顺应市场。我的建议是，刚开始写作时不要太多关注市场，除非你就想赶时髦：这一年是争夺孩子监护权的故事，上一年则是火山爆发的灾难。

---

[1] 约翰·欧文（John Irving, 1942—），美国小说家和剧作家。

想想你自己喜欢读什么故事，或者更好的是，你自己想读却找不到的故事。这个时候，你也许应该问问自己，你是不是真的喜欢读短篇小说。你是不是更喜欢其他形式？在我的一次短篇小说课上，学生告诉我，他们更喜欢长篇小说，但担心自己驾驭不了。对于他们来说，写短篇小说就像在当学徒工，只是在为他们要写的长篇小说做准备，我严重质疑这种想法。

我们也许都知道，有些作家会为了挣些小钱坐下来匆匆写就一篇言情小说或其他类似作品。他们觉得，这没啥价值，事实上，他们几乎从未成功，因为一个人在生活中表现出来的草率态度也会表现在文学中。举个相反的例子，英国作家芭芭拉·卡特兰①写了不计其数的言情小说——那种你也许完全有理由看不上眼的书。几年前，在进医院做手术前，她环顾自己的房子（更确切地说是她的城堡），想找一些养病时看的书，最后她决定，真正让她有兴趣的还是她自己写的书。我觉得这里面有值得我们学习的东西，那就是，如果你想写好某种类型的小说，你就必须完全投入其中。

> 言情小说……整本书可以有几十个美貌非凡的女人，严肃小说中只允许一个女主人公是绝世美人，一个也不能多。通俗小说更接近真实的生活，因而也更了解生活。作品中的人必须有缺陷，通常可以表现为鼻子稍长或下巴稍短。没有必要让这种缺陷表现为硕大的屁股或像男人一样

---

① 芭芭拉·卡特兰（Barbara Cartland，1901—2000），英国著名言情小说家，一生创作了723部小说，并以世界上最多产的作家入选吉尼斯纪录。

宽大的肩膀，当然也不必是一只眼睛大一只眼睛小，虽然可能会说她胸脯扁平或胸大无脑。

——《除非》

每个人的生活都可以写成一本小说。你一定听到过这个说法，但这是一个被误读的说法。也许每个人的生活里都有足够素材可以写一本小说，但这是否意味着每个人只要有时间就可以写出小说呢？你有时候会听到人们说他们需要时间。事实上，我听说有一个作家非常不喜欢听别人说"如果我有时间，我可以写一本书"，于是到他写自传的时候，他把自传命名为《我有时间》。光有时间是不够的，还需要观察的技巧和语言技能（关注节奏、扩展词汇、改变常规句法）。对结构要有感觉。还要有耐力——哪怕是写一本拙劣的长篇小说或是一篇结构完整的短篇小说都需要付出异乎寻常的努力。

收尾工作对我来说一直是至关重要的。小说的结尾和过程一样重要。正是那种完成作品的感觉成就了艺术，无论留有多少缺憾。这个时候，我们会感觉某些东西得到了满足或和解，我们放弃或赢得了某些东西。卡拉克·布列斯[①]曾写过这样的话："结尾是作家对于这个话题的定论，一定要慎重选择怎么说。"

我们经常听人说，严肃小说需要有一个神话结构，但刻意围绕神话创作出来的作品往往要表现神话的基本要素。刻意追

[①] 卡拉克·布列斯（Clark Blaise, 1940—），加拿大裔美国作家，约克大学创意写作教授，短篇小说家。

求严肃性的作品几乎不可避免地显得虚伪，而简单地坚守事实则不会。你也许会问，我们明明是在谈虚构的小说，你为什么要谈事实呢？小说可以被视为最单纯的讲述事实的形式之一，这里会有不能写进传记的事实，这里会有某个人第一次坦露的从未表达过的思想。即使是写幻想小说，也需要有符合事实的地形地貌，否则会显得滑稽可笑。我认为，处理神话、象征和梦都必须慎之又慎。你也许听说过这个故事：一个出版人问一个作家他的书是否已经完成了，作家回答道："我已经写完了，我还得回过头去把象征加进去。"

还有一句泼冷水的话：所有好的故事都已经写完了，或者换个说法，要想写出杰作是不可能的事了，那么谁又愿意满足于做个劣等作家呢？也许是我们的文学评论家给了我们这种压力，例如他们会说什么视野的一致性，就好像有人有过始终一致的视野，或者有人想要这种视野。他们评论着某某作品有缺陷，就好像这世上有过没有缺陷的作品。他们谈论重要作品和次要作品——这是特别需要小心的事。正如玛丽·戈登[1]在一篇文章中所言，"重要作品"常常意味着海明威写丛林男孩的作品，"次要作品"则是凯瑟琳·曼斯菲尔德写起居室里的女人的作品。

你也许也听说过写作是很艰辛的工作，关于这一点我非常赞同。还有一个令人遗憾的奇怪说法，那就是，故事一旦开始，它就会自己写完。不要相信这种鬼话。写作在故事开始的

---

[1] 玛丽·戈登（Mary Gordon，1949—），美国作家，以小说、回忆录和文学批评著称。

时候很艰辛,中间很艰辛,结尾的时候也很艰辛。也许会有轻松快乐的好日子,时不时让你有点小动力,可是,正如E.L.多克托罗①所说:"如果你有一天好日子,接下来的一天你就要遭罪了。"

简言之……

不应理睬的奇谈怪说:
- 所有的小说都是一种自传。
- 写你知道的事情。
- 除非你有话要说,否则不要开始写作。
- 如果你想要发表,你就得顺应市场。
- 每个人的生活都可以写一本小说。
- 所有好的故事都已经写完了。
- 要想写出杰作是不可能的事,因为杰作已经写完了。
- 故事一旦开始,它就会自己写完。

应该接受的写作技巧:
- 写作是很艰辛的工作。写作在故事开始的时候很艰辛,中间很艰辛,结尾的时候也很艰辛。
- 刻意追求严肃性的作品几乎不可避免地显得虚伪,而简单

---

① E.L.多克托罗(E.L.Doctorow,1931—2015),美国犹太裔著名后现代派小说家、编剧。曾被誉为"20世纪下半叶美国最富才华、最具创新精神和最受仰慕的作家之一"。

地坚守事实则不会。
- 炫耀技巧只是写作中很小的一部分,更多的是让人物走进生活,然后倾听他们在说什么。
- 故事的结尾很重要。正是那种完成作品的感觉成就了艺术,无论留有多少缺憾。

第三章
车厢、衣架和其他方法

小说是一种不受约束自由发展的东西，小说的叙事，哪怕只是短小而直接的片段，也包括丰富的事实和表达方式，还包括事实和表达方式之间的模糊空间，从一个想法跳跃到另一个想法，在不同的大陆、世纪和情绪变化之间翻转变化。小说——至少是我爱读的小说——无不充斥着各种人物和事件、情感剧变和长久的绝望。小说中的场景生动地表现相聚、离别、出生、婚姻、谋杀、成功和失败——这些其实都是未经整理的生活碎片，然而当我回过头去仔细审视的时候，我发现这些混乱的事件都附着在"作者意图"这根精心展开的线上，从第一页贯穿到最后一页。

小说家是怎么把这些混乱的材料安排得井井有条的呢？很多年以来我都苦于无法做到这一点，因此迟迟不敢动笔写小说。在我看来，对于一个连短篇故事的逻辑都处理不好的人来说，小说的工程太大了。小说随意扩展，或者至少是假装随意扩展。确实，人物或思路会迷失在作品复杂的布局中，没人能控制，更不要说是一个缩手缩脚坐在打字机前的新手。

但那时我已经年近四十，和很多在我之前的作家一样，我到达了一个再不开始写作就再也不会写的人生阶段。很幸运，我三十多岁时写的硕士论文给了我一丝勇气，那是我第一次完成一部长篇幅的作品，而且发现了一个原本就应该是不言而喻的道理：长篇的作品是由短小的片段拼接而成的。

让我开心的是，我关于十九世纪先驱作家苏珊娜·穆迪①的硕士论文为我后来的小说《小型典礼》提供了写作素材。有太多有趣的脚注我没能写进论文，有太多猜测性的材料不能用在学术论文中。于是就像我那位只要有可能就不会把吃剩的两勺豌豆倒掉的母亲一样，我决定充分利用我的研究笔记，把它们用在一个我取名为朱迪丝·基尔的人物身上。认识我的人会知道，这个人物和我很像，一个年近四十的女人，为人妻，为人母，住在郊区——而且和我一样，对历史和传记非常感兴趣。

由于朱迪丝·基尔身处学术圈，我决定用一个学年来作为小说的结构框架。我的九个章节被命名为"9月"、"10月"、"11月"等等，一直到第二年的5月。我不知道这部小说会怎么发展，也不知道内容是什么，但我找到了一个我可以驾驭自如的结构。

对我来说，这个结构就像排列在铁轨上的大小一样的车厢，一共有九个。我要做的就是在车厢里塞满东西，小说就写好了。每天坐下来写作的时候，我脑子里就想着车厢的样子，就像在电脑上检索出图片一样。知道我那些杂乱无章难以驾驭的想法

---

① 苏珊娜·穆迪（Susanna Moodie，1803—1885），出生在英国，是加拿大文学史上最早、也是最重要的作家之一，作品《丛林中的艰苦岁月》描述了她作为早期移民在加拿大的经历。

能够顺着这条时间线分布,每一个想法都有安置它的容器,这让我能够保持头脑清楚的状态。

我听说过有些作家会给自己的小说准备非常复杂的提纲,但事实上,我还从来没有遇到过一个这种热衷于写提纲的作家。对于我而言,写作是一个环环相套的过程。老实讲,我不知道我要怎么写。在我往前推进的时候,想法应运而生——有些日子里会有蜂拥而至的各种可能性,有些日子里却一无所获。但通过这第一部小说,我至少发现了一个运载工具——我的慢吞吞装满货物的火车,这让我能够组织好小说中要用到的零零碎碎的材料。

我的第二部小说《盒子花园》也是建立在一个切实可行的时间线上,七个章节大致对应一周七天的事件——之所以大致对应,是因为我想避免过于有章法。我把这七个章节想象成衣帽架上的七个铁丝衣架。我不知道这些衣架上会挂什么,但我知道它们的位置和顺序。这部小说比第一部小说中的事件更为紧凑,相应地,里面的气氛也更为紧张热烈。这个"虚构的一周"对于小说本身来说并不重要——它完全可以延伸成一个月或一年,但对于我这个写作者来说至关重要,它给了我一个有条有理的结构,让我可以随时想象、信赖和依靠。它让小说创作这个令人抓狂的事情变得容易得多。

我不知道其他作家如何组织他们的素材,但我猜想我们每个人都有自己控制素材的方法。我写小说《斯旺》时,脑子里有非常清晰的形象,这本书打破了许多我熟悉的传统叙事模式。因为小说的独特视角——四个人物探索同一个主题——我希望这本书由四个中篇小说组成，最后统一到一个戏剧化的结局，各部分只是为了前后连贯才稍有互文。这个框架在我写这部作品的最初阶段就已经在脑中形成了。我没有绝对地遵从这个框架，但尽量朝它靠拢，依靠它组织材料，一旦发现自己出现毫无意义的偏离就及时回头。

《爱情共和国》(The Republic of Love) 最初的结构失败了。我原来的计划是，写一个一年三百六十五天每天用一个句子作为主题句的爱情故事（在这个看破红尘的时代，这绝对是个棘手的任务），让全书由三百六十五段相互关联的部分组成。事实证明这根本不可能，因为我很快发现我的小说已经要写成一千页的大部头了。我放弃了最初的计划，选择从复活节到圣诞节这段时间的每一天作为小说的框架，这显然更容易操作。小说的章节在费伊和汤姆这两个情侣之间交替，每一章涵盖一周发生的事情，始终沿着时间线发展。

到我写《斯通家史》的时候，我再次感到需要一个可以派用场的形象。最后我决定选择中国套盒①，我作为小说家构建的是外面的大盒子，我的女主人公黛西·古德威尔努力想要理解自己的生活，她制作的是第二层的盒子，而最里层的盒子是空的，这让我想起了最初的设想：我描写的是一个从自己的生活中缺席的女人。根据这个组织素材的原则，我可以拥有一个实实在在容易把握的形象，但这个形象并没有画在纸上，读者也不一定会意识得到。但对我来说，它充当了脚手架，是我无声

---

① "中国套盒"或"俄罗斯套娃"是指依照这两种民间工艺品那样架构故事，大套盒里容纳形状相似但体积较小的一系列套盒，大玩偶里套着小玩偶。

的工作指令和备忘录。

这些具体的结构——我是说,在我脑子里是具体的——是非常管用的方法,它们也迫使我不断尝试组织小说结构的新方法。我们都听到过这种谣传:小说死了。我一点都不相信这种鬼话,但我认为某些传统结构确实失去了意义。陈旧的"冲突／解决冲突"结构在我看来过于简单,过于有操纵性,最后常常不过是身陷危机的人物齐刷刷集体亮相。

这种传统的小说结构可以画在黑板上,微微倾斜的线代表剧情的发展,然后是突然上升,接着是陡然下降,代表结局和冲突的解决。我记得自己在面对那条上升的线时心里充满了崇敬之情。小说可以是盒装的元件,是科学的演示,因此它是可教的。

直到我在大学里教了几年文学,把这些写在纸上的真理传授给学生的时候,我才开始对它们失去了信心。那些我在黑板上画了也许不下五六十遍的图表有一天开始看上去就像是被扳弯了的煎鱼锅铲,可是我的学生们,弓着腰趴在课桌上,认认真真地把这个滑稽可笑的形象抄录到他们的笔记本上。

突然,我对这种伴随我成长的"问题-解决问题"的小说失去了兴趣。这种形式似乎是源自古老的探索神话,在这类神话中,困难终究会被克服,胜利一定会到来。这似乎不适用于女人的生活,也不适用于我认识的大部分男人的生活,他们的故事更多的是关于日常生活和社群精神,而不是个人的抗争、目标、巅峰和奖赏。

我以为我有点理解小说的结构了，困境是可爱的斜坡，表面的细节是那些茎茎蔓蔓，精心绘制的向上弧线意味着某种必然性，但也会有难以控制的时候，接着是结局，打乱原来的因果关系，让所有人物聚拢在一个设计好的圆圈里，充满安慰和喜悦，高光背景，颇具舞台效果，这一刻会出现在倒数第二页，极其短暂的一刻。

关于我的小说我有想法了，一粒种子，别无其他。

——《除非》

在写完第二部小说之后，我放弃了那种让人物身陷危机的结构，那曾经是许多现实主义小说的驱动引擎。但这种对形式的改变是缓慢的、具有尝试性的，我自己都没有意识到。但现在我已经意识到了。我有了足够胆量让我的小说从日常生活中汲取能量，不再冒险为了寻找新颖但可能具有颠覆性的结构而进入不可到达的地带。

我越来越相信日常细节，我不知道为什么小说家们会把家庭生活这只吞噬掉我们一半生活的长毛兽晾在了一边。是因为太乏味、太微不足道、太平淡、太显而易见吗？我想让我的小说里出现墙纸、麦片粥碗、橱柜、表亲、公交车、地方选举、感冒、痉挛、报纸，我抛弃了契诃夫的权威教导：如果壁炉上挂着一把猎枪，故事结束前一定要让它开火。猎枪挂在壁炉上可以有数不清的其他理由，为了烘托气氛，为了强调细节，为了评论屋子主人，用它的在场来引爆一个事件，而不是用弹药。

年轻好奇的她开始确信，家庭是艺术之源，每一部小说在某种意义上都是关于一个孩子的命运。我们也许可以说，所有的文学最终都是关于家庭，结构的创造——戏剧、诗歌、小说——是为了表现那些机缘巧合出现在我们身边的人，表现家庭对我们的影响以及怎样重新想象或超越这一切。

——《简·奥斯丁》

对于我来说，在作品中加入家庭生活细节和为了充分利用行李的重量限额多拿一个行李箱上飞机完全是两回事。小说家用力眯着眼睛观察日常生活的表面，这可能让看见的东西变形，但也可能比正常视线看得更加清晰，能够看到自己或他人可以被称为虚拟状态的部分，一个关于梦、可能性和平行现实的世界。

简单地说，我想写的小说要更加紧凑，同时又要更加松散。我想创造出能够让我书中零散素材获得稳定性的新颖结构，以帮助我不偏离主题。但我又想在这些结构里填入一些随意的东西，比如趣闻轶事、表面细节、简要历史、飘忽不定的思绪——事实上是生活中所有的原始素材。这意味着大胆尝试，四处观察，敲打出文字，把句子和段落移来挪去，把脑子里的声音传递到纸上，创作出不一样的东西。

在某种意义上，我把我的结构当作叙事框架，有些时候替代了情节——这是我越来越不相信的东西。澳大利亚小说家帕特里克·怀特的话让我感到安慰，他说他从来不担心情节，他写的是通往死亡的生命。这正是让我感兴趣的东西：生命的弧线。

现在的作家处于更加有趣的时代。那些最新出版的小说里出现的现实元素更加松散，更加随意，不着边际。总而言之，有了更多的可能性。作为视觉媒体的电视和电影占用了陈旧的线性结构，而在我看来更为有趣的小说则成为自我反思的领域，我们的大部分生活都发生在我们的脑子里。

简言之……

- 记住，长篇的作品是由短小的片段拼接在一起而成的。
- 确定小说的结构，选择一个用来组织素材的形象，这非常管用。你的结构可以充当脚手架、无声的工作指令和备忘录。
- 结构可以是
  - 一年中的一些月份
  - 一周中的一些日子
  - 排列在铁轨上的车厢
  - 衣帽架上的铁丝衣架
  - 彼此关联的中篇小说
  - 交替出现的视角
  - 中国套盒
- 为了避免过于有章法，结构应该是一个大致的结构，不要太死板。
- 传统的小说结构是可以用图来表示的，微微倾斜的线代表剧情的发展，然后是突然上升，接着是陡然下降，代表结局和冲突的解决。我们可以找到新颖但可能带有颠覆性的结构。

第四章

写作就是掠夺

小说作家为了宣传自己的书往往会希望有机会出现在某个全国电视节目上。主持人和蔼可亲,富有才智,而且看上去像真的读过这些书。但是这类访谈几乎总是会变成温和的猫鼠大战,主持人试图把小说作品和作家的生活联系起来,把作家逼得连声解释:"不,不,这是小说,是我编出来的。"

"哦,好吧,"主持人表示接受,"但这肯定是发生过的事吧,就算不是发生在你自己身上,那就是别的什么人。"

这里有一种奇怪的暧昧态度,也许可以说是一种自认为高尚的天真想法,那就是我们更愿意相信人们总体上说的是事实,不会撒谎。这些人承认写小说的秘诀是经历加上想象,但由于某种原因,他们会贬低或不信任想象的作用,这种态度在我看来相当普遍。

我们确实很难讨论想象,这是一种不规则的透明感官物质。我们会借助于比喻,说它好比一把简便的木勺,我们用它来搅拌、配制并且重新组织生活给予我们的东西。或者我们会说我们从梦想或无意识的过滤网上把它分离出来,或者是在贴着"如果——"这类标签的暗门下发现它,或者我们把它描写成徒然伤感的白日梦或对实际经历的艺术重塑,从而使它符合让人更加满意的审美模式。正如我前面提到的,爱丽丝·门罗把"真正的"经历比作一团面引子。大家都知道那团小小的、湿湿的面引子和发酵充分的面包之间毫无相像之处,后者松软芳香,充满了想象的空间和丰富的内容。

几年前我听过罗素·霍本[①]的一个讲话,他鼓励作家延展自己的现实生活,在真实生活中加入那些并不罕见的疯狂或超脱的时刻。奥德丽·托马斯[②]曾在一次电台访谈中宣称"每个人都写自传",但我怀疑她其实是在用自传这个词作为过滤器来浓缩提炼她所理解的世界,使它在个体的意识里显得更清楚。当欧娜·麦克菲[③]的第一本也是唯一一本小说于1977年出版时,有人问她这本书是不是自传,她坦言道:"好吧,里面至少有一条胳膊和一条腿是我的。"

到底在多大程度上把自己的胳膊和腿写进小说,每个作家会有很大的不同,但我相信没有哪个在世的作家没经历过这样的挣扎:一方面是对现实进行重新想象的炼金术,另一方面是这么做带来的道德问题。有人说写作就是掠夺,也许我还可以说:活着本身就是掠夺,生活就是一个巨大的失物招领站,或者说是一个对个人经验和集体经验永恒的借贷过程。

作家是小偷,作家是拾荒者——几乎所有的作家都会受

[①] 罗素·霍本(Russel Hoban, 1925—2011),美国旅外作家,作品包括很多类型,有幻想小说、科幻小说、主流小说、魔幻现实主义、诗歌和儿童文学。
[②] 奥德丽·托马斯(Audrey Thomas, 1935—),出生于美国的加拿大作家,以自传体小说、短篇故事和广播剧著名。
[③] 欧娜·麦克菲(Oonah McFee, 1916—2006),加拿大作家。

到这样的指责,我注意到,无人幸免,无论是初出茅庐的作家,还是尚未出版过作品的写作者,甚至只是想要写作的写作者。这个问题在创意写作课上很早就得到广泛关注:我们应该如何诚实地处理别人的经历但不伤害到他们?还有,我们应该如何处理自己的经历但不过分暴露自己的隐私?我一贯的建议是先写,然后修改(形象一点地说,然后乔装打扮),因为一个作家如果担心可能冒犯别人而举步维艰,那他根本就不可能写作。正如我的朋友作家桑迪·邓肯所言,我们没有必要让事实妨碍真相。真相(这是一个很成问题的词)的本质核心不会因为某些名称的改变,或因为矮小肥胖的债券推销商变成了高大瘦削的伐木工,而有丝毫减少。同样的,如果你愿意,你可以把温尼伯的一个社区改名后搬到新斯科舍省,甚至搬到火星上。小说中的可变因素可以在时间线上前移或后置,时间线也可以断裂或模糊化。(顺便说一件事,有一次一位精明的访谈者目光犀利地盯着我问,为什么我小说中的女性无一例外都身材高大,长着浓黑的鬈发。)

> 我想把几个朋友写进去,希望他们能够让我从创作小说的强烈孤独状态中得到解脱,要不然,这种状态会让我感觉空虚,产生疑虑。
>
> ——《除非》

我过去认为作家有权利在他们的小说中使用他们选择的任何经历,但我开始意识到,更为仁慈友善的做法是不要让别人难堪,不要未经许可就借用别人的故事,除非是经过明显的修改或者是抱着救赎的愿望。和其他所有人一样,作家晚上也需要高枕无忧地睡觉。小说家芭芭拉·金索沃①说:"我不写我的家人或朋友,因为我希望他们一直是我的家人和朋友。"

但是,除了顾及写别人会带来的道德问题,以及要尊重他人隐私,我坚信,对于作品本身来说,增加想象因素的分量有助于提高作品的审美力量。在给定的图形之外涂色也许更难,但这么做的收获会比仅仅用颜色连点成线更多(是的,我承认这是一个拙劣的比喻,但我还是允许自己用了)。

另一方面,我认为我们应该把我们在这个世界上感受到的特质和味道写进作品中,如果我们把自己一路走来获得的人生感悟藏匿起来,我觉得那是非常吝啬的行为。肯尼迪·弗雷泽②在一篇写弗吉尼亚·伍尔夫的文章中坦言,她有一个阶段非常痛苦,阅读关于其他女作家生活的书是唯一能让她感到安慰的事。她说自己对此感到有些羞愧,向朋友谎称自己读的是这些女作家的小说和诗歌。事实上给了她支持和安慰的是她们的生活。

她说:"我需要听到她们的喃喃低语,这些都是真实的故事。这些文学女性对于我来说就像母亲和姐妹,虽然她们中的很多人已经不在人世了,她们比我的家人还要重要,她们似乎向我伸出了援助之手。"我看到肯尼迪·弗雷泽的这段话被引用

---

① 芭芭拉·金索沃(Barbara Kingsolver, 1955—),美国当代著名作家,曾获英国橘子文学奖、南非国家图书奖、爱德华·艾比生态小说奖、戴顿文学和平奖等。
② 肯尼迪·弗雷泽(Kennedy Fraser, 1948—),美国散文家,时尚杂志专栏作家。

过不止十次，我想原因是这段话很好地总结了作家和读者之间的关系，我们很多人对此都深有同感并且心怀感激。

弗雷泽说，特别是弗吉尼亚·伍尔夫勇敢面对过去的自传作品给了她某种答案，这些作品也帮助伍尔夫自己治愈了伤痛。在她五十多岁的时候，就在她去世前不久，弗吉尼亚·伍尔夫把自己幼年时遭受性侵的不幸经历写了下来，她写道："把这些写成文字……我让它完整了，这种完整性意味着它已经失去了伤害我的力量。"

弗雷泽在她的文章中总结说，"坦诚的个人化写作是已故者为生者所作的伟大工作"。我们需要建立的也许是一种新的形式，一种鼓励个人化写作但不会伤及自己或他人的形式，一种包含作者的声音但不让作者放纵自我的形式。你可能会想到日记或某种形式的回忆录或纪实小说，这些都是试图把个人放在时代之中的形式。

想想吧，如果我们未能记录人们丰富而真实的生活，未能记录他们的私人生活和家庭生活，这对于历史来说是多么大的损失啊！加拿大作家彼得·沃德（Peter Ward）开始写《十九世纪加拿大英语区的求爱、恋爱和婚姻》时说过，"一下子陷入了很多人都有的挫败感，我们希望了解过去那些沉默的加拿大人有何想法和感受，却做不到。有关个人经历和情感、私人行为和私人关系的资料就算有，也是支零破碎的"。对历史的记录应该包括"地图和人"，但事实上我们所做的充其量只是对社会最粗略的概述。难怪小说家玛格丽特·德拉布尔（Margaret Drabble）被称为二十世纪末真正的记录者，她的小说里表现了感知生活的无序性，以及我们当中至少一部分人所经历的日常生活的摩擦和打击。尼克尔森·贝克（Nicholson Baker）的小说怪诞但令人入迷，我认为他非常勇敢，为了记录我们每个人都经历过但不愿意付诸笔端的东西，他不惜笔墨地描写生活中的琐碎细节：比如，鞋带在手里断开的感觉，或者婴儿眼皮的精确颜色和颤动。这些作家，还有其他像他们一样的作家，他们的感觉、记录和再记录所达到的效果远远超出了这些细枝末节本身的意义。

这样的写作很费时间。你得善于观察。你得有足够的耐心不断推敲文字，直到它们既准确又含蓄。我相信这是值得我们努力的事。你可以把这种小说想象成人生这本账本上的条目，虽然发生在过去，但仍然以其复杂性和神秘性对我们的世界进行延展性的解读。

简言之……

- 有人说写作就是掠夺。写作就像生活：是一个巨大的失物招领站，是一个对个人经验和集体经验永恒的借贷过程。
- 怎么避免伤害到别人？先写，然后修改（或乔装打扮），如果你因为担心冒犯别人而举步维艰，那你根本就不可能写作。
- 不要让别人难堪，不要未经许可就借用别人的故事。和其他所有人一样，作家晚上也需要高枕无忧地睡觉。
- 你得善于观察，得有足够的耐心不断推敲文字，直到它们既准确又含蓄。

第五章

疯狂一点；让我震惊

你真的能教别人写作吗？那么，我想问一个类似的问题：我们真的能教出哲学家或数学家吗？我们难道不只是把一些基本工具传递给那些对哲学或数学表现出兴趣的人，然后让他们自己发展吗？

也许在我们说不能教别人写作时，我们的意思是，我们不能把某个人教成弗吉尼亚·伍尔夫。但话又要说回来，有很多非常优秀的作家年轻时确实参加过写作课程：尤金·奥尼尔、田纳西·威廉斯、阿瑟·米勒、华莱士·斯特格纳和弗兰纳里·奥康纳，这里就不一一列举了。

可写作是上帝赐予的天赋呀！这句话我们常听人说。言下之意就是作家也是受到上帝庇佑的，是超人类的，这种说法让我们今天大多数人都感到很不舒服。那些不相信所谓天赋论的人有时会认为波希米亚是他们可以学习写作的地方。但波希米亚那样的神秘王国意味着放浪形骸的潇洒，意味着热情开放的精神，意味着游走江湖的自由，它们滋润着作家成长所需要的土壤，这一切在北美却无法形成气候。

人们对作家有种浪漫化的想象，认为他们都喜欢孤独，但在历史上，他们其实总是聚集在权力中心的周围。今天，大学已经成为这样的权力中心之一，以课程设置和导师指导的形式鼓励学生写作。我们可以这样说，大学是最适合教授写作的场所，因为这里有图书馆、书店、宿舍、工作人员和教室——最重要的是，这里有知道怎么写作又愿意把自己的知识和直觉分享给学习者的人。事实上，作家的生存状态常常是这样的——讲课、训练指导学生、给他们建议、编辑书稿、影响其他作家，做这些事可以是在狭小的阁楼里，或在咖啡馆里，或在乡间小屋，以通信的方式，或仅仅是通过他们作品的传播。人们互动的地点改变了，互动的形式也逐渐变得略为正式起来，但互动的过程和以前相比并没有太多不同。

早期的写作课程也许是为了捍卫自己在大学里的合法地位，常常以非常传统的方式授课，比如使用课本，每周的作业都要打分。那时的写作课程更多是依靠批评存在，而不是依靠创造力。渐渐地，工作坊出现了，这成为大多数创意写作课程的重要形式，一些人认为这种教学方法影响了其他开明学科（比如，那些没有等级观念的学科）分享和交流学术的方式。简单地说，创意写作课的工作坊形式就是让学生朗读自己的作品，然后让同学和作家/老师发表评论，老师在这里起的是引导作用。理想的状况是，要让学生愿意开口，哪怕是连哄带劝，大家提出问题，时而夸奖褒扬，时而吹毛求疵，总之是鼓励学生形成一套不落俗套的个人标准，而不是灌输给他们某种评论或创作小说的方法。

如果这种方法听上去似曾相识，让人产生一种淡淡的怀旧之情，也许是因为它让人想到中世纪大学或古典大学①使用的方法。显然，学生并没有学习如何别出心裁，但他们会意识到什么是缺乏独创性，虽然也许不够系统，他们还是有机会学习写作过程中的一些技巧，比如如何构建并描绘场景，如何确定故事发生的时间和地点，如何控制信息流，营造情绪，决定谁来讲故事以及为什么要让这个人讲故事。

1973年，美国各大学的所有创意写作老师应邀参加了由国会图书馆在华盛顿特区主办的一次会议。参加会议的有五百名作家/老师，其中包括像约翰·巴思②、华莱士·斯泰格纳③、约翰·西阿弟④和拉尔夫·埃利森⑤这样的名人。与会者热烈的讨论揭示出一些令人不安的事实。在学习创意写作的学生中，只有百分之一的人成了作家，当时百分之九十九的学生都是"被该行业的魅力所吸引，或渴望获得金钱和名誉"。（我觉得这些数字只是传闻，而并非统计出来的数据。）

那次会议上还有其他三个发现：一、没有人知道如何教写作；二、尤其是没有人知道如何教有禀赋的学生；三、没有禀

---

① 古典大学又称中世纪大学，是指英国和爱尔兰成立于中世纪和文艺复兴时期并持续至今的大学。由于这些国家在17世纪—19世纪之间没有新的大学成立，古典大学也意味着17世纪以前成立的大学。
② 约翰·巴思（John Barth，1930—），美国小说家。一般认为他是美国后现代主义小说家，是反讽、戏拟、元小说作家。他的创作反映了二战以来不同历史时期的时代特征。
③ 华莱士·斯泰格纳（Wallace Earle Stegner，1909—1993），美国著名的历史学家、小说家和环保卫士，人们称赞他为"西方作家中的领袖"。
④ 约翰·西阿弟（John Ciardi，1916—1986），美国诗人和评论家。
⑤ 拉尔夫·埃利森（Ralph Ellison，1914—1994），美国黑人作家，也是20世纪最有影响的美国小说家之一。

赋的学生几乎没法教。

人们也许会以为这些惨淡的发现会终结美国的创意写作教学，但出现的情况恰恰相反。创意写作课程的开设如火如荼，全国各地都设立了驻地作家项目，作家工作室（经常有一个作家/老师常驻）层出不穷，授予学位的写作项目蓬勃发展，不论是在数量上还是影响上都令人瞩目，越来越被视为所在大学声望的标志。

创意写作课堂是我们这个社会可以让作家汇聚一堂的唯一场所。这些课堂是我们的沙龙、我们的"左岸"、我们的酒吧、我们创作文学的实验室。创意写作课让文学学习者得以一窥文学创作的过程，了解创作是多么艰难，创作灵感是多么脆弱而易逝。在这些课上，学生的批判能力得到加强，至少有一部分是他们自己领悟出来的。不仅如此，写作课抓住大多数年轻人都有的写作冲动去创作自己的诗歌或小说，用完全属于他们自己的语言表达一些东西。我认为这些课堂还具有社会功能，这些课堂人数少，强度大，经常要涉及高度私人化的材料。一个学生曾经告诉我，在课堂上读自己写的东西就像当众站起来脱光衣服。因此，在这种课堂上一定要建立起某些增进彼此友好信任的标准并共同遵守。我认为这种人与人之间的交流大有裨益，从长远来说也许比审美活动更有意义。

在我写朱迪丝·基尔的小说出版时（《小型典礼》，1976年），不论是作为学生还是教师，我在创意写作课方面都根本没有经验，事实证明，我在《小型典礼》中对这类课程的"创意"描写对错参半。关于这类课程总体上的非正式性，我是对的——我只能说，我还是耳濡目染地获得了不少零零散散的信息，毕竟，病友谈心治疗小组①和诸如人类潜能运动②之类的实验在七十年代非常盛行。我在小说中关于学生背景和年龄巨大差异的叙述是对的，关于班级整体规模的猜测是对的——确实是从十人到二十人不等，我对那些课堂小练习的设计、对学生发表评论时的紧张局促以及措辞混乱的描写也是对的。我在另一些方面却大错特错了，我以为学生会非常大胆，以为他们会希望让人震惊，以为他们愿意在写作中或在同学面前恣意表达自己。事实上，创意写作课上的学生会非常谨慎，这是教学中最大的问题。我误判的还有学生对哲学和政治问题的热情，他们真正感兴趣的只有自我，孤独的自我，被误解的自我，这就使得写作常常成为一种令人压抑的活动，更糟的是，过于私人化，令人捉摸不透。还有一点，我错误地以为学生一开始就会尽情宣泄自己的情绪，事实上，我们要等上几个星期才能在班级里营造起彼此信任的氛围，直到那时，创造性能力和批判能力才开始得以发展。

我努力营造一种鼓励创造的氛围，而不是纠正错误。每次开始教一个新的班级，互相做自我介绍时，我让学生叫我的名字卡罗尔，因为我也准备叫他们的名字。在我看来，围坐在一起讨论就不应该那么正式，所以需要互称名字，不过我不知道其他作家/老师是否喜欢用这种表示亲近的方式。我会尽可能

---

① 美国现代的精神治疗方法，由患者互相畅谈内心感情。
② 人类潜能运动是关于心理治疗的一种主张。认为人表现的行为只显露了人类潜能的一小部分，人的大部分潜能因缺乏有利的条件而尚未表现出来。

用平淡的语气告诉新注册的学生，我是一名作家，并简单罗列一下我的作品。我用一百个词或更少的篇幅来描述我心目中的写作是什么，为什么而写，写什么，然后我会强调以后绝不再提我自己的作品，或直接引用我自己作为作家的观点。在教学中，我坚持和自己的作品保持距离，因为我不愿意把自己的想法和方法强加给刚刚起步的写作者，你完全可以想象，他们会接受任何建议，这是非常危险的（我记得在英属哥伦比亚大学教过一个短篇小说班，在我之前的老师教导他们，用第一人称写作是一种自慰，因此不合时宜——我花了整整一年时间才让他们重新拾回了用第一人称写作的信心）。每个作家都会逐渐形成自己的写作方法，这些方法因人而异，但都行之有效。我每天写五百个词，但我不会把这个标准强加给十八岁的年轻学生，甚至也不会强加给四十岁的学生。无论有没有所谓的灵感之火来点燃我，我坚持每天写作，但我不会认为别人三十六小时或六十四小时的放飞自我就是浪费时间的放纵，因为我根本不知道他们是不是这样。

在每个班级的第一堂课上，我都会强调一点：所有的一切——我指的是所有素材——都应该接受检验，除了那些有关色情或性别歧视的材料——有时候同一班级的人对于这两点禁忌的界限会产生分歧。到底什么东西会构成写作中的性别歧视？为什么大段富有挑逗性、毫不隐晦的性爱场景可以接受，而无意提及一个令人生厌的毛腿女人却不可以？有一次我们在课堂上提出这个问题，但我不确定是否得到了满意的解决。

我经常在上第一次课时让学生介绍自己，告诉大家他们为什么要修这门课。有一次破天荒地一名学生说："我想成为一名伟大的作家。"通常他们都会很谦虚地说："因为我想学习如何让我笔下的形象更加鲜明，写更好的对话，在感兴趣的听众身上检验我的写作素材。"还有一次，一个女孩回答说她想知道到底什么是故事。祝你好运，我在心里默默地说，因为我自己也从来没有得出过满意的定义。

我让他们写下他们认为写作中最难的事情，在过去数年中，我收集了下面这些回答：不知道什么时候开始，不知道什么时候结束，不知道如何把脑子里的想法付诸笔端，不知道怎么挤时间，不知道如何专注，不知道如何找到自己的声音，不知道如何避免诽谤和/或伤害别人——主要是母亲们（我发现，在创意写作课上，母亲们的形象都不太讨人喜欢）。

我认为学生们应该去写他们愿意读的故事，于是我鼓起勇气问新来的学生都读过什么书。有的学生坦言，除了其他课上老师要求他们读的文本，他们没有读过别的东西。几乎所有人都读过斯蒂芬·金和西德尼·谢尔顿[1]的作品，年轻一点的学生对库尔特·冯内古特[2]非常着迷，有一两个学生读过玛格丽特·阿特伍德[3]，通常是因为某门课的要求。还有一些学生读过

---

[1] 西德尼·谢尔顿（Sidney Sheldon，1917—2007），美国作家和制片人。在音乐、电影和电视三大舞台获得最高荣誉奖托尼奖、奥斯卡奖和艾美奖后，52岁时跨入小说作家行列，他的前17本小说全部登上过《纽约时报》畅销书排行榜的榜首。
[2] 库尔特·冯内古特（Kurt Vonnegut，1922—2007），美国黑色幽默作家，美国黑色幽默文学的代表人物之一。
[3] 玛格丽特·阿特伍德（Margaret Atwood，1939—），加拿大最著名的小说家和诗人，曾任加拿大作家协会主席。代表作有《使女的故事》等。

爱丽丝·门罗和安妮·泰勒①。大多数学生说他们更喜欢读长篇小说，但他们想写短篇小说。为什么呢？因为长篇小说的长度让他们害怕。

我每次三小时的课程常常以简短讨论写作的某个方面开场——张力、语气、声音等等，然后我们做一个课内的写作练习。在过去这些年里，我收集了一些至少是在大多数时候效果比较好的练习。例如，我可能会让学生传看一张手的照片，让他们以手的主人的声音写六分钟，写完后我会给他们两三分钟修改，然后轮流把自己写的内容读给大家听。或者我会给他们一个词，比如"粉色"，让他们用这个词任意发挥，想写什么就写什么。这些练习有几个作用，比如，可以向学生展示大家的反应会有多么不同，还有就是让他们知道创造力的源泉随处可觅。我经常重复某个练习，告诉学生"这一次再多些发挥"。他们似乎需要有人对他们说：疯狂一点，让我震惊吧！

课堂时间有一部分会用于当堂朗读自己的每周作业。一个典型的作业也许是：写一个段落，不用任何形容词描写一个房间。我让每名学生为其他同学准备好自己作品的复印件。我们用在评论上的时间不会很长，因为我们的共识是，这些段落只是练习，只是尝试和实验，而不是最后的成品。

在第一个月之内每个学生都要提交一份大作业，我的要求是一篇不少于十五页的短篇小说，或大约二十五页长的短剧，

---

① 安妮·泰勒（Anne Tyler，1941—），美国作家，以描写小城生活的作品享誉美国文坛。

或大约十五页的短诗。我们每周会非常详细地讨论两份作业，提供口头和书面的评论。

学生的写作水平在几周内会有非常明显的提高，特别是在找出了陈词滥调和造作矫情这些问题之后。学生在理解了写作时采用的视角后会有进一步的提高，但之后我发现会出现一个停滞不前的阶段。看样子，教别人如何写得更好是可能的，要教他们想出更好的主意却是不可能的。写作者需要的是要学习观察事物，遇到好故事的时候要能够马上意识到这是个好故事，并且相信自己的创作冲动。创意写作老师要给予学生一定程度的自由，但也可以说：下周三之前你必须写三百字，这种最后期限对于一个过去二十年都在想写点东西却没有行动的学生来说绝对是有效的鞭策。创意写作课也为写作者在读者面前测试写作材料的效果提供了大好机会，当然，这些读者大多缺乏文学评论的词汇，也缺乏直言不讳批评同伴作品的勇气。

评分是一个特殊问题，有些人主张采用通过/不通过的标准。我评分的标准包括出勤率、参与度、对写作和班级的投入程度以及学习过程中的进步。可以想象，最后一点是非常主观的。

> 写作就是要刻意为之，这一点简·奥斯丁当然是知道的。写在纸上的文字比写作者自己的声音要更加大胆或更加含蓄，更加夸张或更加内敛。
>
> ——《简·奥斯丁》

因为某些原因，写作课的学生不像大学里其他课的学生那么同质化，所以必须经常进行意想不到的新调整。一个五十五岁的男人，从工程技术岗位上被炒了鱿鱼，刚刚离婚，一个人单独抚养孩子，最近还因为精神崩溃住院治疗（这听上去像是肥皂剧里的人物，却是我曾经教过的一个班级上的真人版）。这样的人和一个刚刚从郊区中学毕业的十八岁小伙子有何相同之处？一个六十岁的女人，丈夫是心理学教授，三十年来一直渴望写作，但一直感觉思路堵塞写不出一个字，现在写出了一篇具有讽刺意味、晦涩难懂又充满情绪的短篇小说，这样的作品能指望一个喜欢读斯蒂芬·金小说、出身于基要主义基督徒家庭的二十岁姑娘看懂吗？一个在自己的哥特式恐怖小说中让主人公从马桶里抽走而身亡的小伙子和一个写了很多精美短文描写梦幻、引诱以及计划自杀的必要性（她就是这么说的）的年轻姑娘有什么共同语言？

从长远来看，写作课上发生的人和人之间的交流是极其有用的，这也许比审美活动要有用得多。

> 诗歌有时是真的会说话，他一直觉得这是个奇迹。即使是在诗歌没有说话的时候，他感觉自己对诗人强烈而奇异的意图也会心生敬畏。想到星球的演变、物种的更替、数学的平衡，他觉得所有这些没有哪一样比诗人大胆的愿望更令人惊奇，他们潜入寻常语言的海洋，在黑暗的深处提炼出丰富而美丽的文字，然后把这些文字巧妙地排列，让它们表达出原来也许无法表达的东西。诗歌就像一个棱

镜，折射出生活的方方面面。吉姆罗伊相信，人类经历过的最好和最糟的东西都封存在那个被叫作诗歌的神奇小玩具里。

——《斯旺》

写作任务

1. 写一首诗，把你喜欢的诗人用过的某一个短语写进去。问问你自己：

1）它有没有乐感？

2）它是否具体，而不仅仅是转瞬即逝的情绪？

3）它是否能表达你真正的意思，或者你只是想显得有诗意？

4）这些词语都能有效表达吗？对于那些表现力弱的词，从字典上找一个更好的词替代。

5）你想象中的读者或听众是谁？

6）这个人会理解吗？

7）你有没有过于煽情或操纵读者？

8）你能否大声把这首诗读出来而不显得滑稽可笑，也不会感觉舌头不灵活？

9）你的诗有没有某种意义？它应该有某个主题。

2. 讨论：诗歌有可能写得很糟糕吗？

3. 写一首诗或一篇短篇小说或一个短剧，要求大约两页长度，要表现出方向的改变，例如，设计某个情节，然后让它逆转。

4. 写一个好句子，不要花哨，不要用隐喻，要写一句干干净净、实实在在的好句子。

5. 什么东西是你一直想写但没有写过的？

6. 写一句关于马蒂斯绘画作品的句子。

7. 写一个关于西葫芦的句子。

8. 用和主祷文一样的韵脚写一首诗，但要用你自己的文字。

9. 用完整的对话或散文诗的形式写250字，其中要包括一根针、一张票根和一杯牛奶。

10. 观察一张手的照片，描写这只手的主人有什么特别的才能和经历。

11. 观察一个穿西装男子的头像，描写他是谁。

12. 写250字，描写一个人赠送礼物但被拒绝了。

13. 写一段话，描写世界是一块没有历史的白板。

14. 观察或想象一张古旧的明信片，背面写着："我要弄一张这样的明信片给埃特阿姨。你要确定你睡觉时门是关好的。莉莲。"利用明信片上的这段话，写一页意思明确的文字。

第六章

写什么和不能写什么

有一位女作家在出版了自己的第一部小说后,面对寥寥无几却挑剔刻薄的书评感到非常受伤,但更让她困扰的是另一件事:她在书中写到了她自己、她的生活和她的经历,这些内容有多少已经被消耗,或者用她的话来说,是被浪费了。她喜欢说,她所经历过的一切是她的资本,那么她还剩多少资本可以用于下一次写作呢?

作家会不会把自身这口深井汲取耗尽?我在这里要谈一谈写作生涯,谈一谈作家的个人生活如何渗透到他们的小说中,然后漫溢出来,汇聚成文学传记。

我认为,当一个作家坐下来写作时,在键盘上工作的有两个人,而不是一个人。一个是表演者,是创造者,是故事的叙述者,而坐在她旁边的,或者也许是缩在她身体里的,是一切的源头——那个人用自己的思想、自己的经历或者还有自己的困惑和无知为她提供了素材,现在她跃跃欲试要利用这些素材的全部或其中的精华来描写菲利普·拉金所说的"由百万片花瓣组成的生命之花"①。无论一个小说作家进行多么客观的研究,

---

① 出自英国诗人菲利普·拉金(Philip Larkin, 1922—1985)关于衰老和死亡的诗《老傻瓜》。

也无论她尝试进入怎样的想象王国，在她的文字中总是难免会出现她的一丝痕迹，一把她的小勺子，或是她的一条胳膊或一条腿。事实上，这正是写小说让人觉得可怕的地方：我们无意间透露的东西，还有我们自我暴露的程度。

有一个评论家写过，卡罗尔·希尔兹的小说里经常会出现冷漠而无能的父亲。真的吗？怎么会呢？好吧，仔细看了之后，还真的发现这样的父亲确实时不时地蹦出来。关于这一点我不想说太多，我需要多进行一些思考。这意味着什么？这个形象从何而来？另一个例子：法国《权利报》的文学编辑极其仔细地读了我的所有作品后在巴黎采访了我，我以前从来没有遇到过比她更有备而来的记者，后来也再没有遇到过。她发现了一个连我自己都不知道的现象，她说："你的书里没有动物。"我吓了一跳，但想了想之后，我得承认她是对的，虽然在1985年的一篇短篇小说里我曾提到一只鹦鹉，在另一篇小说里我提到过一条鱼——但我提到的是一幅出现鱼的图画，而不是活生生的鱼本身。疏远的父亲、缺席的动物——如果这些无心之笔真的有什么意义，那么会是什么意义呢？

我们会在文本中无意留下有关我们是谁、我们做过什么的线索。不久前，我收到来自北卡罗来纳州一位牙医的信，她每月为美国牙医协会通讯写一篇专栏文章。她在信里写道："你在所有书中都多次提到牙齿。"然后她附上了长长的引证页码。她想知道我和牙齿到底有什么关系。什么！？牙齿是身体的一部分呀，我小心翼翼地回答。我们对于自己的牙齿都有情感投资——但我自己也觉得这个答案不够有说服力。难道是我有点痴迷于咀嚼和咬牙？难道我的世界观无意中受到了牙齿的影响？

作为作家，我们要为作品中表现出来的激情负责，要为隐藏其中的主题负责，甚至是那些隐藏在我们自己视线之外的主题，是我们连对自己也没有明确表达过的主题——我们需要负这个责吗？

我早期的小说都会写到十几岁的孩子——也许不是故事的核心内容，但总是出现在叙述网络的某个地方。但在1987年写的《斯旺》中，我认真审读了书稿校样后发现，里面根本没有孩子。到1993年，孩子又回到了我的书中，连我自己也不明白这到底是为什么。

在写一篇以温尼伯为背景的小说时，我会忠实于我眼中的温尼伯，但会故意改变一下某些街道和机构的名称，潜意识中想要告诉读者，我所写的温尼伯穿着虚构的外衣，并不是真正的温尼伯。这似乎很重要，也许是为了在出现错误时可以起到自我保护的作用，又或者是为了行使和保护小说作家被赋予的自由。

一开始，我就决定不写我的朋友和家人，可是我发现就算是写熟人也会很棘手。比如，在我写第一部小说期间，有一天出门购物时遇到了一个和我年龄相仿的熟人，她也在买东西，她打开购物袋给我看她刚买的一件非常漂亮的海绿色睡袍。"我得走了，"她说，"我要去找可以配这件睡袍的蜡烛。"她肯定是看到我吃惊得连下巴都要掉下来的样子，因为她马上说："哦，我所有的睡袍都有专门搭配的蜡烛。"

这一幕给我的印象太深刻了。这件事后来被写进了我的小说，一个有趣但无关紧要的小插曲——可是，在我读校样时，我还是决定放弃这个插曲，理由是她很可能会读我的小说，也许会认出她自己，因为她可能是整个西半球甚至是全世界唯一会把卧室里的搭配发挥到如此极致的女人。

有这样一个说法，说是某些人被人拍了照片后感觉自己的灵魂被盗用了，我觉得这至少是有一点道理的。即使是为了成就伟大的文学，也不会有人愿意受到嘲笑和伤害，或者甚至仅仅是感到尴尬，没有人愿意让别人过度观察和评论自己。但是，对于那些比我更愿意采用自传元素的作家，还有那些把自己的前夫、讨厌的母亲和白眼狼孩子写进作品的作家，我誓死捍卫他们的权利。

> 每个作家需要的社会参与度或距离感应该有不同的标准，但躲在与世隔绝的小木屋里写作的作家往往是浪漫的少数派，甚至只是传说。大多数小说家都知道，自己手头正在写的作品要从正在进行的生活中获得养分，他们会非常重视自己的电话、通信以及与家人朋友的日常交往。
>
> ——《简·奥斯丁》

但是，利用身边的大千世界以及生活中的杂闻轶事是另一个途径，这是至少一半小说家写作素材的来源。我的一个朋友经常受到喉炎的困扰，她告诉我说，她丈夫说她的喉咙就是她的"阿喀琉斯之踵"①,我很喜欢这句俏皮话,问她我是否可以用——她说,当然可以,她希望我能用。她告诉我就是因为她知道我会喜欢。

我听有的作家说,他们的朋友就算在小说里认出自己的形象也不会承认是自己。作家的加工会让原型变得认不出来,作家的虚构会增加很多装饰,足以掩盖真实的身份。

但读者不会这么轻易被糊弄,特别是那些遇到过作家甚至和作家交朋友的读者。他们知道一旦进入作家的生活中就会有危险,他们会拿着放大镜仔细阅读出版的作品。

那个把咖啡滴到衬衫胸口,喋喋不休地抱怨压抑的郊区生活,抱怨遭受爱人背叛的傻瓜会不会是我?没错,当然是我。

我教创意写作教了二十多年,还从来没有遇到过哪个学生不担心自己某些时候在写作中伤害、怪罪或批评了某个朋友或家人(母亲们在年轻学生笔下特别不受待见)。就连那些根本没有机会发表作品的学生也常常有这种顾虑。这种顾虑确实存在,让初学写作者还没开始写一个字就惨遭文思枯竭之苦。

我总是鼓励我的学生想写什么就写什么,不要因为想到别人的反应就缩手缩脚。他们可以事后修改,通过改变性别、种族、时间范围和地理位置把真人隐藏起来,可做的选择太多了。勇敢真实地写,然后谨慎得体地改。说起来容易做起来难,我非常理解,一旦落笔,哪怕是做一点点必要的舍弃都非常困难。有时候,更改一个名字都感觉是可怕的妥协。

---

① 阿喀琉斯是古希腊神话中的英雄,他的脚跟没有沾到冥河水,成了他全身唯一的弱点,引申为"致命伤"。

和大多数作家一样，我经常专心地偷听别人的谈话。有一次在公交车上，我碰巧坐在两个神学院学生的后面，听到他们在讨论为什么罗德的妻子不听警告回头张望后变成了盐柱，一个短篇小说就这样成形了。我得说，对于一直在寻找素材的小说作家来说，使用公共交通是极为有益的，电梯或饭店这样的公共场所也有类似功能。有一次在一个室外咖啡馆，我发现自己的左右两边都有人在聊天。一边是两个女人在讨论她们中的一个正在经历的惊心动魄的恋爱，另一边是两个商人模样的男人，服装、发型和表情都非常严肃，那个年长的男人对着那个年轻些的同伴声音洪亮地说："等我们找出事情的真相，问题就能解决了。"

在尼亚加拉大瀑布无意听到的话是我最喜欢的，后来写进了我的书中。那是一个夏天，我站在离一群来自布鲁克林的游客不远的地方，其中一个人盯着壮美的瀑布看了很久，转身对他的朋友大声说："天哪，看着这么多水，感觉嘴巴好渴！"

好几年前，一个和煦的春日夜晚，我出去散步，看见一个年轻人坐在屋前草地的折叠椅上。他的面前是一个烫衣板，上面放着一台便携式打字机，他飞速地打字，充满了激情，充满了喜悦，一刻都没有抬头，我知道他正在文思泉涌地写作。"你在写什么？"我很想大声问他，但终究没有问。

我们生活的社会不允许我们对陌生人刨根问底，那些爱打听别人事情的人常常会觉得很气馁，还会受到指责。记者和传记作家也许会有特权，他们可以问一些多管闲事的问题，但我们其他人就只能通过想象来弥补缺失的信息。

对于小说家来说，这就意味着要观察，要贴在锁眼上竖着耳朵听，要透过锁眼眯起眼睛看，要耐心地探寻，但最后会搭上我们自己和我们的小秘密，还要猜测别人生活和思维的方式，希望至少有些时候可以猜对。

很久以前我就意识到，社会强加给人们的沉默为小说家带来了新的机会，小说家可以把空间感和艺术感带进最琐屑最普通的生活里。即使这样，我还是和很多作家一样，会经常心生拾荒者的负罪感，总是很想在书的封面上写上一句表示歉意的话："请原谅"或"对不起"。

小说笔记

  公共汽车上穿粗花呢外套的男子，没有零钱，跳下车

  音乐会上的漂亮姑娘，丈夫盯着她的腿，节目单纷纷掉落

  公园里的孩子，帆船，妈妈叫嚷（唱歌一样），"大卫小讨厌，你把膝盖弄脏了"。

  写给编辑的关于如何在小轿车里装下大提琴琴盒的信。低音大提琴手的答复。

  来自西印度群岛的人排队寄信。白种胖女人（戴着塑

料发卷）叨着香烟,"他们需要的是回家的车票"。

报纸上的故事,一个女人生下孩子,她一直不知道自己怀孕了。在外工作的丈夫回家,发现自己当了爸爸。戏剧化。

劳动党领袖不幸去世,争夺权力。妻子出版回忆录。

在旅馆洗澡,每个人只有少量热水。滑稽可笑的女房东。

勋爵为了参加下议院竞选放弃贵族称号,少年时的梦想。

——《小型典礼》

有时候别人会问我住在温尼伯这样的城市当小说家是一种什么感受,在这个问题背后,我确信我听出了某种闪烁其词的怀疑——如果没有宏伟壮观的山峰提供灵感,如果没有海浪拍打的声音让你陶醉,如果没有四季常青芬芳的热带植被,你怎么能创作呢?我所在的城市确实有它自己的气味、风景和音乐,虽然我的朋友埃莉诺·瓦赫特尔[①]告诫我们"地理决定命运",但是这些都不重要,因为总的来说,作家都是在自己的小房间里关起门来写作的。他们的故事背景来自内心,是他们经年累

[①] 埃莉诺·瓦赫特尔（Eleanor Wachtel, 1947—）,加拿大女作家,节目主持人。

月获得的形象、发现、景色、观察、梦境——这整整一大布袋的庞杂材料,我们称之为记忆。

用记忆的棉线闭门编织出来的常常是小说,不是回忆录,但即便是回忆录也不仅仅是真实经历的记录。评论家布丽吉特·弗雷斯(Brigitte Frase)把回忆录称为"狡猾的蒙骗者,把自传和新闻中的事实悄悄地塞到小说技巧中"。她说:"从修辞角度来看,回忆录是最戏剧化的形式,有些事件暴露在众目睽睽之下,而有些事件则隐藏在挥之不去的令人浮想联翩的阴影中……对人进行报复,沉迷于装模作样的谦卑。"

我们生活在一个反浪漫主义的时代,作家不是根据自己的兴趣和能力选择自己的作品,而是在某种程度上"被选择",想到这一点我们会感觉不舒服。大多数作家也不再自我陶醉地认为自己是上帝的过滤器,上帝通过他们细密的网格发出声音,要不然就是为国家、历史或是伟人代言。事实上,作家也和你一样有着狡猾的本性,也会饱受失忆或曲解之害,也会害怕死亡,也要一直和自己的挫败感斗争。作家也需要干净衣服,需要温暖,需要舒服的椅子和明亮的灯光。他们作为作家的焦躁、疑虑、皮疹和牙疼(我又写到牙齿了)会一不小心就直接流露在他们经常白费力气但偶尔成功的写作中。

所以想一想新批评学派会有那么大影响力就让人感到奇怪了。新批评主义有时也被称为"剑桥运动",是三十年代末、四十年代和五十年代初盛行的文学理论,那正是我最初正式接触文学的阶段。新批评学派有意回避对作品背后的作者表示任何兴趣,忽视这个把语言和叙事结合在一起的、有着个人经历的独立个体。

> 生活充满了孤立的事件,如果要用这些事件来进行连贯的叙述,就需要一些零星的文字把它们黏合在一起,比如一些很难定义的语法小词(主要是副词或介词),因为它们都是表示方位或相对位置的抽象概念,比如像所以、否则、其他、也、由此、直到那时、反而、否则、虽然、已经和尚未这样的词。
>
> ——《除非》

新批评家通过细致的文本分析来解读,把文本作为最终的权威——事实上,是唯一的权威。他们不信任作家在生活中所经历的光明和阴影,不信任他们的方法和态度,或者干脆说,不信任没有真正出现在终稿上的任何东西。我记得,曾经因为非常崇拜新批评主义,绝对信任这种干净纯洁的文学反应,对于封底上的作者照片,我只会抱歉地偷偷瞟上两眼。确实,在那个时期,作者照片的尺寸缩小了很多,有时干脆就消失了。似乎全世界的作家都属于同一个童子军团,他们的形象和风格如出一辙,这样一来,他们的文本——这个既纯洁又有效的词——就可以迈着矫健有力、整齐划一的童子军步伐走进这个世界了。

到了五十年代,这种信条的纯洁性变浑浊了。读者们模模糊糊地意识到自己上当受骗了,而作家们则感觉自己失去了个性。那一整套东西太单调了,无法适用于所有情况,而且还破坏了作家和读者之间的契约。

我记得让-保尔·萨特说过,"阅读就是写作"。在我看来,这是非常深刻的见解,因为事实上一个文本的读者确实要重走一遍作者思考时经历的群山幽谷,和作者一起揭示真相,体验类似但绝不会完全相同的情感起伏。

在人类生活中,作家和读者之间的关系一定是最亲密的关系之一。作家的声音不是投射到一个巨大的公共屏幕上,而是悄悄地离开紧闭的房间,直接进入读者个体的意识中,由读者在自己独特的大脑中进行认知转变,把符号转化成意义,从而成为创作过程的一部分。读者了解作家,而不仅仅是其完成的作品。圣奥古斯丁[①]认为阅读行为是和缺席者的对话,因为在他那个时代,阅读主要是指大声朗读(但据说圣奥古斯丁自己是默读的)。

有些作家很讨厌大众想要知道他们是谁。我有一个朋友,每次巡回售书时都想生气地对着台下的听众喊:"你们去读书,我只是个躯体。"她不想分享她的秘密,不想泄露自己是从哪里得到灵感或承认受到过哪些影响,她当然不愿意别人问她是在电脑上写作还是用笔写作,或者问她早餐吃什么。

但事实是,那些选择了写作生涯的人已经把自己的一部分DNA交给了读者,他们的作品中到处都是线索,都是我前面提到过的那些无意间透露的东西,那些牙齿,他们和读者之间达成了心照不宣的契约。他们也许选择保护生活的隐私——比如

[①] 圣奥古斯丁(St. Augustine, 354—430),西方早期基督教神学家、哲学家。

J.D. 塞林格①、托马斯·品钦②、安妮·泰勒和唐·德里罗③——但自传色彩的内容不断在他们的作品中漫溢出来。他们的态度，他们的距离和地理位置，他们的性别、才智和教育程度，他们接受现实或创造"他者"的能力，他们所经历过的危险、爱情和伤害，他们的视野，所有这些都自我反射地构成作家的意识，完成书的写作，并把书放在读者的手上。

> 然而，发表作品意味着隐私生活的终结，从此获得一个公众的自我。她的价值观标准，她的观点，成为广大读者的阅读对象，而不仅仅是在家庭圈子里得到认可。这两个自我，一个是公众的，一个是私人的，面临割裂的危险，但从她的通信可以看出，她在努力维持原来熟悉的一切，同时享受着成为名人的快感。
>
> ——《简·奥斯丁》

你们中的有些人也许已经有机会看过马赛尔·普鲁斯特的手稿复印件。普鲁斯特的头脑里充斥着令人激动的想法，他工作勤奋，为了做到准确表达而不惜精力和时间。我会给我的学

---

① 杰罗姆·大卫·塞林格（Jerome David Salinger，1919—2010），美国作家，他的著名小说《麦田里的守望者》被认为是 20 世纪美国文学的经典作品之一。

② 托马斯·品钦（Thomas Pycchon，1937—），美国后现代主义文学代表作家。主要作品有《拍卖第四十九批》《万有引力之虹》《梅森和迪克逊》等，曾获得福克纳文学奖、美国国家图书奖等多个奖项。

③ 唐·德里罗（Don DeLillo，1936—），美国当代最优秀的小说家之一，近年来一直是诺贝尔文学奖的热门人选。1985 年发表的《白噪音》是他最重要的代表作，获得美国国家图书奖，被誉为后现代主义文学的巅峰之作。

生看一两页他的作品复印件,让他们了解一个作家如何重新思考、重新创作和扩展自己的作品。只有最有耐心的文学侦探才能看懂普鲁斯特的手稿,上面密密麻麻地布满了修改的文字、增加的文字、解释、润色、订正、空白处的潦草字迹、更好的表达、更准确的字眼。这些应该可以告诉我们一些有关作家-读者契约的东西,事实上,确实可以。

我在我们蓝灰色卧室角落的一张小桌子上写十四行诗。我用的是真的纸和笔,从一本厚厚的便签本上撕下来的纸和一支圆珠笔,已经写好的很多内容被我划掉了,我标了几十个箭头和问号,有时候在空白处还潦草地写着"不行!"或"矫揉造作"或"鹦鹉学舌",或者我会决断地命令自己:"要有新意!"面对传统的韵律,不管这种韵律多么宽松,要有新意仍然是最高标准。

开始的几页写得一团糟,但我想让这一团糟的东西动起来、活起来。我继续写,每隔差不多半小时靠在椅子上休息一下,转动一下肩膀,我想放松一下肌肉,加油,加油,加油——只要还在写下去。不要想着你是一个满头白发却留着小女孩童花头的六十七岁老妇人,不要想着十四行诗那些押韵的抑扬格五音步,想一想达芬奇和他的智慧,"艺术因限制获得生命,因自由而走向死亡",想一想由于"太多自由带来的负担"(华兹华斯)所产生的问题。不要让韵脚和节奏的噪音干扰你,只要去想写作中那些小小的戏剧化观点——手球场或审判室,要结实,需要厚厚的石头墙,原因是它要表现坚忍,还要承受撞击。想一想那个比例完美的长方形;想一想你厨房抽屉里的塑料餐具盘,刀叉勺放在不同的格子里,分得清清楚楚;或者你还可以想一想人生的状况,不管你喜不喜欢,其实都是受到限制的。

——《继续如前》①

你们或许看到过苏珊娜·穆迪某封信件的复印件。这是一个神秘莫测的人,但我们可以通过她的文本"了解"她及其所属时代的一些东西,当然这个了解是要加引号的。她的社会文化背景必然会从她的文字中像雪花一样向我们飘来。例如,我们很可能在一篇否认有女性主义意识的文章里读到了女性主义意识。我们知道的还有一件事,那就是,十九世纪中叶寄信花费不菲,邮费是根据页数来定的。所以,和很多节俭的早期移民一样,苏珊娜·穆迪写信回英国时是这样做的:她沉迷于"交叉写信法"②,先在一面横着写,然后翻一面竖着写。但我们的穆迪夫人实在不愧是"节俭夫人"或"机智夫人",她把信纸转个四十五度角,从第三个角度斜着继续写。她的信轻松愉快,充满了奇闻趣事,我们却从中明显地读到了她没有写下来的东西:贫穷以及想尽办法与故国保持联系的绝望和渴望。难怪除了她写的书外,我们还喜欢读她那些信息量极大的信件。更重

---

① 这是卡罗尔·希尔兹生前未完成的小说中的一章,被收入《卡罗尔·希尔兹短篇小说集》(2004)。
② 19世纪,美国人为了节省纸张和邮费,发明了一种交叉写信法的书写方式,就是在写满一页后,将纸张旋转90度继续写。由于字体倾斜了一定的角度,所以横着的文字能够与竖着的文字区分开,远看好像密密麻麻布满了小叉叉。

要的是，她时不时地会泄露未加防备未加修饰的想法，这些内容在正式出版的书里是绝对不可能出现的，这些无意泄露的东西会成为社会文化或个人生活中的一个重要时刻，并且让人联想到千千万万其他这样的时刻。作家的任何东西——信件、草稿、日记、标记的符号、购物单、照片、图画、录音磁带和出版社的目录——都应该收集起来，这样我们才可以了解作品是如何形成的，同时也知道这个形成的过程和最后的文本是密不可分的一个整体。

有人认为，读者渴望成为这个整体的一部分，因为他们相信作家和某个创作之神手拉着手，或者是有一只脚趾头浸没在创作之泉中。触碰到作家就是间接地触碰到了初始之泉。在我看来，这是一个浪漫的想法，大多数作家都要辜负这个美好愿望。另一方面，从我作为读者的这个角度来看，读者渴望"了解"作家以及作家如何把世界和文字结合起来，是一种非常重要而且合情合理的好奇心：这个过程是如何进展的？是什么激发了他们的写作？一个想法和另一个想法如何联系起来？作家的个人叙事如何有助于读者理解他们的写作——这种叙事至少有一部分可以从作家的写作底稿中获得，这些底稿几乎人人都可以看到（在我们这里完全可能）。作家的生活中有太多东西是无心之举，或是变化无常、无可解释而且无可查证，但那些在作家书桌上慢慢堆积起来的纸质文稿经常会带我们走进想象过程中的某些步骤。在小说或诗歌的文字背后，作家的个人叙事会指向作家没有说出口的思想或是日常生活中的快乐和悲伤。堆在终稿边上的那些草稿不仅仅是为了充分利用行李的重量限额而带上飞机的另一个手提箱，而是为了证明作家飞行过的距离。让人费解的是，小说缺乏审视自身的能力——例如，小说是怎么写成的，它和现实之间的关系是怎样的——要回答这些问题，我们就需要作家生活中那些零零星星处于小说文本之外的文字帮助我们。

有些作家注意保存有关自己的资料，有些则不会，但大多数作家在得到档案管理员的告诫后会认真对待自己的各种资料。从一个作家的角度，我得说，对个人资料如此敝帚自珍，而且还把这些零零星星的东西卖给什么人，实在是种以自我为中心的做法，令人感到不安。与此同时，又会有人鼓励我们要相信自己是某一有益事业的一部分，除了描绘社会文化的图画，还要记录个体的创作活动——虽然档案记录可能会大大修饰和简化事实上可能是一团糟的过程，造成这一团糟结果的可能是天气、心情、事故或无法解释的脑波，而这些都无法记录。没有人完全理解创作的过程，尤其是作家们。弗吉尼亚·伍尔夫这样描述自己的创作热情，"开始一本新书时快乐地冒着泡"，到后来却变成了"讨厌的令人困惑的干扰"，这是她在1933年1月19日的日记中写的。

即使这样，我们永远都无法通过无酸纸档案盒里的材料触摸到作家的本质。我们都承认，一旦作家拿起笔，他的第二个自我就会出现，不仅会出现在创作手稿里，而且还会出现在信件甚至私人日记里。那些看上去毫无防备的东西实际上都经过了不同程度的设计、美化、批评、删除或加工。弗洛伊德在一封写给阿诺德·茨威格的信中写道："任何成为传记作家的人都得学会撒谎隐瞒、虚情假意、恭维奉承，甚至还要隐瞒自己的无知。"关于传记的写作素材，他很可能也说过相同的话。传记里有一部分是事实——虽然纳博科夫告诉我们，"事实"是语言中唯一需要打上很多引号的词；另一部分是作者刻意塑造的世界以及他呈现给我们的自我：烟雾弹、隐身衣、哈哈镜、万花筒、魔术灯、经过作者的自我意识之手反复擦拭的镜头——这是一个虚拟的自我，这也许是我们每个人能够呈现给彼此的全部。

还有一个就是宣传机器的问题。宣传机器把作家变成了一点不像写作者的公共人物，作为公众人物时，他们比作家本人更善于创造所谓的"人格面具"。我每次看到自己印在书上的照片和简介时，都会想："这个女人的生活可真精彩！可她是谁呢？"

我知道她是谁，她是我的影子自我，我的虚拟自我，一个和这个关在房间里写作的人只有点头之交的远房表亲。

简言之……
- 坐下来写作的不止是一个人。每个作家都是表演者，是创造者，是故事的叙述者。坐在她旁边的，或者也许是缩在她身体里的，是一切的源头。
- 大千世界以及生活中的杂闻轶事是至少一半小说家写作素材的来源。
- 对于一直在寻找素材的小说作家来说，使用公共交通是极为有益的，电梯或饭店这样的公共场所也有类似功能。

- 我们不能对陌生人刨根问底，所以我们只能通过想象弥补缺失的信息。对于小说家来说，这就意味着要观察，要贴在锁眼上竖着耳朵听，要透过锁眼眯着眼睛看，要耐心地探寻，但最后会搭上我们自己和我们的小秘密，还要猜测别人生活和思维的方式，希望至少有些时候可以猜对。
- 在哪里写作没有你想象的那么重要。作家经常关起门来在自己的小房间里写作。他们的故事背景来自内心，是他们经年累月获得的形象、发现、景色、观察、梦境——这整整一大布袋的庞杂材料，我们称之为记忆。
- 保存好你的文稿，它们记录了创作的过程，不仅展示了作家的生活和所处时代的表象，还有它们深处的东西。它们展示了作品的形成过程。

第七章

行文节奏、激情和张力

我们最需要的建议是如何尽可能避免盲从其他作家的秘方、智慧和成规。可是我在这里却要灌输给你们我的一些关于小说节奏和张力的想法,这两者是密不可分的。我希望你们记住,我在这里表达的每一个想法都可能会有一百个不同的观点,你们完全可以按照自己的方法来确定节奏。我还希望你们记住,对于大多数作家来说,在自己的写作生涯上走得越远,就能够获得越多的自由。

先拿犯罪小说这个经典作为例子。三十年前,这种类型的小说是可以图解的。你会有一个谜题和一个谜底,在这两者之间是一系列逐渐浮出水面的真相和转移读者注意力的情节,还有各种各样必要的信息,这些内容不断展开,高潮到大约第一百三十五页时出现,然后就是结局。但现在的犯罪小说已经变得不守章法。有时候第一页就会指名道姓地说出谁是坏蛋,有时候要等到最后一页才看到尸体,还有的时候根本就没有尸体!硬汉警察有时候是个柔声细语的教授,有时候甚至非常深思熟虑,有时候甚至是个女人,有时是同性恋。

总的来说,小说在变化。过去那种谜题/谜底的老套路已经越来越行不通了,后现代主义观点认为情节是小说的敌人,人物、背景和主题这些东西已经妨碍了写作。现在要想回答什么是故事越来越难了，但我至少还是想试一试。我认为故事就是从一种状态进入另一种状态，如果是在更有趣的小说里，这种变化的过程是一个心理过程，在这个过程中，对于人性的认识和理解在不断积累和加深。

当然，这种理解不是茅塞顿开式的理解，而是会经历一个揭秘的过程，这个过程始终围绕着一个重要的谜题。在有些小说里，这个谜题也许只是"谁杀了轮船事务长"，或者"这个故事到底在讲什么"。

我说的"讲什么"不是指那些肤浅的叙述，例如："这个故事讲的是一个铁路工程师到伦敦去见一个芭蕾舞演员"，或者"这个故事讲的是阿尔伯特的一个农妇在割草季节决定离开她的丈夫"。我们暂且还是利用这两个例子，我们可以说，这两个故事讲的是：一、错位；二、自由和能力。故事常常就可以这样简化为一个词或两个词——这就是过去我们的英语老师所说的"主题"，但从一开始到结束牢牢吸引住读者的是这个故事"怎么发展、为什么这样发展以及故事发生在哪里"这些问题。

我得承认，我自己写小说时，从来没有想到过要担心小说的节奏或者是要刻意营造和保持小说的张力。我唯一的解释是，当时我肯定是相当自大地推断，既然我在写作过程中能被手头的工作牢牢吸引，读者也一定会被我写的这些文字深深吸引。每天我都在激情和恐惧交织的情绪中走向打字机，我觉得那种张力所产生的某些东西会涌向我的稿纸，虽然我没有明确地表达它到底是什么。这让我得出一个初步的结论——只要作家能把自己投入到写作中,就能营造出一种任何人造情节都无法获得的张力。迫切感催生了某些作品,那是一种不吐不快的感觉。

第二点感悟让我有点痛苦——我发现作家不可能对所有读者说话,也就是说,不可能满足所有读者对张力的要求。比如,我根本不在乎尸体是怎么跑到图书馆里去的。我的脑子里出现了一个糟糕的刻薄念头:那又怎么样呢?其他人可能不会在意那位著名而不幸的包法利夫人,不会在意她是否得到了一点点她所渴望的美妙激情,而我非常在意。简·奥斯丁用一种方法利用张力,海伦·麦金尼斯①用另一种方法利用张力,但她们都在做同一件事,那就是从一种状态进入另一种状态。张力的产生不是靠每二十六页就出现一段露骨的性描写,也不是靠强化所谓的重要主题。在很大程度上,张力的产生真正靠的是那种叫作行文节奏的东西。

行文节奏涉及故事中变量的选择、布局和时间安排,涉及如何为读者展开故事的方式,涉及如何从一个真相导向另一个真相。

在处理行文节奏过程中会出现一系列问题。其中最讨厌的一个问题是作家常常觉得需要"构架"故事(frame a story)。显而易见,我们越来越不信任叙述者的声音,特别是在现在这个后现代主义时代。所以,作家不再简单地讲故事,而是搭建起可以自由出入故事的脚手架。作家处理讲述者和故事之间的关系时可谓煞费苦心,几乎总是一团乱麻,干扰故事的展开。例

---

① 海伦·麦金尼斯(Helen MacInnes,1907—1985),英国谍报小说家。

如：有个故事讲的是一个女人去参加高中同学聚会，想起了学生时代的一件往事，于是描述了这件往事。在故事的最后一幕，她又回到了聚会上，陷入对往事的深思。真正的故事被掩盖了，或者可以说，被模糊化了。另一个例子：一个加拿大士兵在意大利遇到了一个意大利农夫，农夫向他描述了村子里发生的鬼故事。这个鬼故事很精彩，可是经过加拿大士兵和意大利农夫的层层过滤，故事的即时感已经所剩无几。还有一些例子：古老日记里发现的内心独白、餐馆里无意听到的逸闻趣事、回忆录中无意泄露的惊天秘密。正常情况下，这些故事很容易被编辑利用——只要掐头去尾，把第一段和最后一段砍掉即可。

作家怎么能承认写在纸上的东西不过是自己的臆想之物呢？这种靠心血来潮写就的文字必定会遭到道德的强烈谴责：撒谎！编造！做白日梦！绝望之中，早期的小说家心照不宣地给自己的故事搭建一个叙事框架，比如这是在旧箱子里发现的传说；这是一位古人讲的故事；这是天使记录的梦境。

我们喜欢小说，是因为小说里有真实的质感。小说中的人物多多少少都有点像我们自己，小说里描写的窘境困境和我们每天的经历大同小异，有的作家确实会像写自传一样来写小说。至于其他作家，如果他们不写自己的亲身经历，那么他们的故事从何而来呢？

　　如果想塑造出独特具体的人物形象，所有的小说作家都要面临一个问题。小说中的人物，至少是那些对于叙事发展举足轻重的人物，必须有生活环境。他们不可能像从泥巴里变出来的一样突然出现在纸上，达尔文已经证明了这不可能，弗洛伊德也证明了这一点。单性繁殖对于人类而言是行不通的，现在还不可能，也许永远也不可能，除非人类变成和我们现在所知道的物种不一样的东西。书中的人物需要有某种类型的童年，至少要有父母，有时候甚至还要有祖父母……父母会影响孩子，会强化或削弱孩子的决心，没有哪一个可靠的作家会否认这一点。即使是在最卡夫卡式的梦境中，也还会有一些元素来自真实的物质、地理、家庭和血统。每个人都是某个人的孩子，用最简单的话来说，小说就是关于某个孩子命运的故事，总是会有一堆DNA在等着检验……

在我看来，并没有必要提供完整的家谱，当代读者根本没有耐心了解那么多信息，只需要提供少数重要的家庭关系就够了，让人知道小说中的人物不是从石头缝里蹦出来的，也不是随心所欲编出来的。简·奥斯丁虽然生活在达尔文之前的时代，也仍然总要在小说里至少往前追溯一代人，有时候是两代人。她深知故事背景的重要性。

——《除非》

据我们所知，认为有必要给故事提供一个背景的做法要追溯到中世纪以及小说出现之初。教会对小说不屑一顾，因此很多小说常以致歉或谎言开头，例如"我在一本非常古老的书里发现……"或"一个在海上漂泊多年归来的游子告诉我……"。

也许有时候我们想用这种曲折复杂的方法开始一个故事，

有时候我们想放慢或加快故事发展的速度。有些主题需要一个更加缓慢的揭示过程。为什么大多数警察小说的叙述要快速简洁——我听说是平均一百四十页，为什么奇幻小说通常需要四百页，这也许都是有理由的。知道什么时候需要删减细节，什么时候需要充实细节，这一点非常重要。

我先来谈谈删减细节，因为我们大多数人都觉得这一点很难做到。海明威精神的残余物还飘浮在空中。海明威认为故事中不应该允许任何一个无关的细节存在，但我们都知道，那些无关的细节有助于丰富人物特征，展示故事场景，增加现场感，调整叙述的语气。细节虽然不会影响整个故事的发展，但如果用得应时应景就会令人印象深刻，有时候读者也许会忘记整个故事讲了什么，却可能久久回味这些细节。但过度使用细节会拖慢故事的节奏，因此需要删减，这是一件很痛苦的事。一个有用的心理技巧是：告诉自己，你不是要删减，而是用剪刀把这些多余的文字剪下来存在你的文档里，然后骗自己说，也许有一天你还能用上。

删减细节确实可以让故事更简洁，可以加快节奏，甚至可以改变故事的性质——这一点应该记住。我曾经有一次不得不把一个一百一十分钟的剧本砍成四十分钟的独幕剧，原本的社会戏剧变成了快节奏的闹剧，层次感几乎荡然无存，但我得承认，里面那种令人兴奋的力量依旧非常难能可贵。

充实细节是另一个问题，由此我要讨论一个在我看来是写作中最为常见的顽症——忽视了小说是由场景构成的这个事实。很多时候场景只是粗粗勾勒，更替频繁，其描写几乎无一例外都是草草而就。和我们习惯看到的电影场景不同的是，小说中的场景不能仅仅是一闪而过的画面，它们要有实实在在的结构和细节。这些场景要有开始，有结束，中间还要有一步步的发展过程，只有这样才能自然地转换到下一个场景。

场景的成功构建一部分来自对地点的细节描写，我认为这正是简·奥斯丁的过人之处。我们都知道一部典型的奥斯丁小说会有怎样的情节：一个适龄的年轻女子追求并俘获了那个奇特的目标——某位适龄男子，有什么会吸引我们忍不住读下去呢？我认为这是因为奥斯丁能够构建一个麻雀虽小五脏俱全的世界，我们可以走进去并且清楚地知道自己身处何处。这个世界如此坚实可信，令人叹服。这个世界有它自己的天、自己的地，就连周围的环境也有准确的描写。这个世界有它自己的规则——只要违反了其中的任何一条，就会马上有人指出来。这个世界里的人物屈指可数，因此只要有外人闯入就会马上被发现。每一个场景里都有琐碎但令人激动的东西，让我们感同身受，一切都描写得恰到好处。我们，至少是我们中的很多人，可能都会感谢简·奥斯丁没有把小说的背景安排在塔希提岛或香港，否则我们也许就失去了她那个宝贵的"村庄-世界"，失去了置身于她所构建的那些场景的机会。

简·奥斯丁从哪里获得小说的素材？每个作家都会利用自己的亲身经历，要不然小说结构的表面细节从何而来，特别是像《傲慢与偏见》这样有真实质感的小说？但不是每个作家都会直接利用自己的个人叙事，很显然，简·奥斯丁不是那种会像写自传一样写小说的作家。

——《简·奥斯丁》

对话不仅可以赋予小说实实在在的地域感，让读者置身于某个具体的时间段，对话还可以扩展、充实和保留场景。对话是故事中变化最迅速的元素，可以揭示人物，推动故事发展，从侧面提供我们需要但叙述者不方便说的信息。

有人也许会问，一个场景应该保留多久？只要这个场景仍然合情合理，仍然有创造力，仍然有趣，仍然能回答我前面提到的那个至关重要的问题：这个故事在讲什么？那么它就应该保留。构建场景不仅可以督促作家关注具体不抽象的世界，可以揭示各种令人激动的可能性，而且还可以让作家不那么辛苦。一旦作家掌握了场景的概念，故事就可以分解成容易管理的单元，作家就不会被一大堆素材压得喘不过气来。每次只描写一个场景，一步一步地来。

> 从事文学创作的人有所谓"固定套路"（set piece）的说法，就像一颗嵌在长篇文本中的宝石，或者一段比其他部分更加惊心动魄、更加紧凑独立的叙述。"固定套路"一般来说都很生动夸张，即使从整个故事中抽离出来，仍然有可读性，容易理解，甚至还可以"表演"……
>
> ——《瞬息而变的行为》[①]

[①] 卡罗尔·希尔兹的短篇小说，写一位作家如何处理写作和照顾绝症妻子之间的矛盾。

第七章 行文节奏、激情和张力

有时，变形失败会破坏节奏。所有的作家都会从自己的经历中获取写作素材，但我认为只有很少的人会直接利用。小说之所以是小说而不是自传就是因为这个过程中发生了变形，有时候是改变地点、改变名字或改变形状，或者更加重要的是，重新阐释，重新想象。有时候，这个变形的过程不完整，如果小说里的某个内容让你感觉似乎应该属于另一篇小说，你就应该知道这里的变形不完整。可是写这篇小说的作家会辩解说，在现实生活中情况就是这样的。我记得读过一篇小说，里面有一页的描写非常繁冗：女主人公听到门铃声后走了一段长长的楼梯下楼开门。故事在这里放慢了节奏。我问那位作家，为什么不让这个女人在一楼？那位作家回答说，因为本来就是这样的，他似乎无法走出经验模式的约束，这也体现在小说中。

让小说中的人物一会儿在这里、一会儿在那里确实是件麻烦事，经常让叙述显得累赘。普里切特有一篇精彩的小说，里面的人物收到一封信，写信的女人有话要告诉他，问他是否愿意去她所在的城市。下一段的开头是这样写的："两个小时后，他到了她家门口……"这种干净利落的写法让我叹服。如果是我，就可能让他穿上大衣、把车从车库里倒出来、开到高速公路上、向路人问路，等等，可是这样写有什么意义呢？

控制行文节奏的一个重要方法是在合适的时间透露相关的信息，但一次不能透露太多，否则读者会感觉来不及消化。爱丽丝·门罗的小说有时候会在半途突然停下来，叙述者轻描淡写地说："我忘了告诉你……"不不，她根本就不是忘记告诉你,她只是到了这个地方才想让你知道而已。这和捉弄读者不是一回事,但这显然违背了狄更斯老掉牙的建议:"要么让他们笑个不停,要么一直吊他们的胃口。"

小说的时间处理尤其困难,我这么说是因为自己也仍然深受其扰。有一个夏天,就在几年前吧,我由于经济拮据而心情沮丧,便找了些通俗畅销小说来读,就是那种摆在药店里卖的小说,你可以论斤称两地买,带到海滩上消磨时间。我在这些书中找到的一个共同点就是这些作品对时间的处理完全缺乏想象力,它们严格遵守时间顺序,就像传送带一样向前发展,而事实上,我们知道人常常会想着过去和未来,只是偶尔会想着现在。几乎所有的严肃小说都会采用有趣而复杂的时间结构,要让读者相信或接受这些结构却不容易。

信任读者的阅读能力很重要,但很多读者并不具备百分之百的细心和宽容,他们会要求小说作者清清楚楚地告诉他们故事发生的时间。我认为,对于新手来说,明智的做法是用容易操控的时间段来安排情节,用"六十年后……"这样的句子开篇不是一般人能驾驭的。

倒叙手法使用不当是另一个问题,要解决这个问题,如何过渡似乎是关键。介绍发生在过去的事件时要特别谨慎,千万不要占据小说太多篇幅。例如,一篇三千字的短篇小说有一千字写的是发生在过去的事,这就很难处理了。我认为,有时候确实需要改变时间。也许有时候必须提某一件事,那么有没有其他的解决方法呢?也许可以写一段提到往事的对话,也许可以写一段关于往事的沉思,和把实际的叙事移到过去相比,这样做就不会显得突兀。如果你决定要运用倒叙手法，那么我认为你要有某种模式才能让小说更加平衡。如果整篇小说里只有一个倒叙，就会有让整艘船失衡的危险。如果有好几个倒叙，在整个布局中分布得当，长度相当，那么读者就会更容易预期和接受，而不会一头雾水。

另一个问题：向读者介绍时间和地点的文字常常流于陈词滥调。"与此同时"让我们想到"与此同时，在牧场的后面……"，"突然"听上去矫揉造作，类似的还有"这时"或"紧接着"或"闲话少说"或"他的思绪回到了……"。

所有的作家都知道小说开头句的魔力，这是带你进入故事的金钥匙，让你对未来充满期待。开头句可以确定小说的基调，把你带进想象中的世界。这些句子如果能够暗示某个问题就会格外精彩。我最喜欢的一个开头是约翰·契弗的"每年，我们都会在海边租一幢房子"。这个"我们"，是已婚者的"我们"吗？"每年"——表示习惯性。"租"，而不是拥有——更多信息。"房子"，不是"小屋"——暗示了阶级和财富。"海边"说的是"海"，不是大洋也不是湖泊——没有名字的海——可能是暗示东海岸。这里隐含着一个问题——这句话会被推翻吗？今年会发生什么事来改变这句话所表达的不变事实——每年，我们都会在海边租一幢房子。

吸引眼球的开头句很容易写得太造作太明显，聪明的作者应该避免这样的开头，比如："'天哪，'梅维斯打开信封叫道，'又来了！'"或者"唐纳德一觉醒来就知道一切都还是老样子"或者"我们到达那个没人住的公寓时已是半夜，一眼就看到了贴在门上的纸条"。

在某种程度上，在叙事时有技巧地使用停顿可以控制行文的节奏。这就意味着要知道什么时候需要结束一个章节，什么时候需要开始一个章节，还要知道什么时候中止一个段落。我认为，这些停顿就相当于一个个小路标，让读者感觉到作品中的模式和顺序，也许只是下意识地，但这种感觉能让人安心，知道自己不是在毫无方向感的丛林里游荡。梅维斯·迦兰[①]经常写特别长的段落，但有时候她会突然写一个只有一个短句甚至一个词的段落——这是一个信号，说明重要的事情要发生了。她在向你强调某个信息，告诉你要注意了。

通常的说法是，小说的高潮部分应该出现在快要结束的地方。你也许确实需要一个重大事件或冲突，高潮部分的场景不一定需要发生外部的剧变，也许只是获得某种领悟。通常，这样的重要场景需要精心设计——需要一系列次要场景作为铺垫，你应该让读者有一些预兆，隐隐约约地感觉到某种可能性，这样等到小说结束的时候，读者就会既感到意外，又满足了某种程度的期待。

小说的结局有很多种，有的会回过头去叙述之前发生过的事情，有的会偏离叙事，大胆颠覆原来的故事，但同时会暗示某种新的模式，让你想象可能会发生的事情。

有的故事我们会快速浏览，有的故事我们会细细品读，一遍又一遍。作家的风格，如不同寻常的句法、令人费解的词汇，

[①] 梅维斯·迦兰（Mavis Gallant，1922—2014），加拿大作家，一生中大部分时间在法国度过，被誉为"短篇小说女王"。

都有助于控制节奏，但最终起决定作用的是作家充满激情的表达沟通能力，是他们的这种能力让读者如饥似渴地阅读，爱不释手。

简言之……

关键要素：

故事：故事就是从一种状态进入另一种状态，这可能是一个心理过程，在这个过程中，通过揭示一系列的真相，不断加深认识。

张力：作家把自己投入到写作中，就能营造出一种张力，这种迫切感催生了某些作品，那是一种不吐不快的感觉。

行文节奏：行文节奏涉及故事中变量的选择、布局和时间安排，涉及如何为读者展开故事的方式，涉及如何从一个真相导向另一个真相。控制行文节奏的一个重要方法是在合适的时间透露相关的信息，但一次不能透露太多，否则读者会感觉来不及消化。在某种程度上，在叙事时有技巧地使用停顿可以控制行文的节奏。

构架故事：构架故事常常是没有必要的，这样做会把故事掩盖或模糊化。消除这种构架感很容易——只要把第一段和最后一段砍掉即可。

删减细节：细节如果用得应时应景会令人印象深刻，有时候读者也许会忘记整个故事讲了什么，却会久久回味这些细节。删减多余的细节可以让故事更简洁，可以加快节奏，甚至可以改变故事的性质。

对话：对话不仅可以赋予小说实实在在的地域感，让读者置身于某个具体的时间段，对话还可以揭示人物，推动故事发展，从侧面提供我们需要但叙述者不方便说的信息。

场景：写作中最为常见的顽症是忽视了小说是由场景构成的这个事实。场景不能仅仅是一闪而过的画面，它们要有实实在在的结构和细节。这些场景要有开始，有结束，中间还要有一步步的发展过程，只有这样才能自然地转换到下一个场景。尽可能保留某一个场景，只要它仍然合情合理，仍然有创造力，仍然有趣，仍然能回答这个故事在讲什么。场景有助于把故事分解成容易管理的单元。每次只描写一个场景，一步一步地来。

变形：小说之所以是小说而不是自传就是因为这个过程中发生了变形，有时候是改变地点、改变名字、改变形态，或者，更加重要的是，重新阐释，重新想象。

时间：小说的时间处理尤其困难。几乎所有的严肃小说都会采用有趣而复杂的时间结构，但对于新手来说，明智的做法是用容易操控的时间段来安排情节。介绍发生在过去的事件时要特别谨慎，千万不要占据小说太多篇幅。

开头句：开头句带你进入故事，让你对未来充满期待。开头句可以确定小说的基调，把你带进想象中的世界。这些句子如果能够暗示某个问题就会格外精彩。

高潮：你也许确实需要一个重大事件或冲突——但不一定是外部的剧变，也许只是某种觉悟。这样的重要场景需要精心设计——需要一系列次要场景作为铺垫，你应该让读者有一些预兆，隐隐约约地感觉到某种可能性，这样等到小说结束的时候，读者就会既感到意外，又满足了某种程度的期待。

结局：有的小说结束时会回过头去叙述之前发生过的事情，有的会偏离叙事，大胆颠覆原来的故事，但同时会暗示某种新的模式，让你想象可能会发生的事情。

风格：不同寻常的句法、令人费解的词汇都有助于控制节奏，但最终起决定作用的是作家充满激情的表达沟通能力，是他们的这种能力让读者如饥似渴地阅读，爱不释手。

第八章
好奇心把我们带往哪里

我年轻时有一个阶段,在某种浪漫愿望的感染下,会花很多时间去讨论"真正认识一个人"的可能性和必要性。这个表达方式在我们的语言中有不少相近的说法,比如说:暴露灵魂、敞开心扉、一个人通过另一个人完成了自我,等等。我们相信这种亲密的认知是可能的,而且是我们渴望的。

不知道从什么时候开始,我对此失去了信心。相反,让我感兴趣的是别人的不可知性,是他们的相异性。关系密切、彼此关爱的家庭成员之间会抗拒被迫坦露心声,甚至是那些处于长期幸福婚姻关系中的伴侣,最终也仍然彼此互不了解,这一点在我看来是显而易见的。虽然我们生活在一个强调沟通的时代,但很显然,那些"掏心掏肺的人"在这么做时牺牲了他们的一部分尊严,而且在任何情况下,他们所坦露的心声都会遭人怀疑,有可能是自怜,有可能是自夸,或者只是一个经过美化的自己,或者只是他们希望别人记住的某个时刻——因为我们知道,第二天,甚至是在下一个小时,就可能会有一个完全不一样的人出现。

你们可能认为我会因为发现人与人之间的互动极其有限而感到沮丧,事实上,我感到很振奋,这种感觉和我意识到看着我长大的卫理公会的上帝并没有看到我脑中闪过的每一个情感波动是一样的，我感到振奋，同时也如释重负。让别人了解你会让你无法正常生活，会让你有一种被剥光衣服的感觉。独处让你停留在一种仍然拥有隐私的状态，让你能够坚持独创和纯真的力量。

我们出生时是独自一人，死去时也是独自一人——在我成年之后，这两个严酷的生存现实让我感到安慰。但是，在生与死之间的漫漫人生途中独自一人就意味着要远离人群，这需要一个人具备某种理性而冷静的适应能力，我觉得这简直无法忍受。生活中交织着各种出其不意的可能性和不可能性，这些正是我渴望获得的氧气。日常生活中的万象百态都让我着迷，它们激发了我的想象力，成为我小说创作的素材。我不得不很遗憾地承认，我自己的生活实在不够精彩丰富，但这是事实！我渴望了解其他人如何生活，他们如何在自己的屋子和花园里活动，在午夜钟声敲响的时候或上午九点钟或正午时分，他们彼此之间或自言自语地会说些什么寻常或不寻常的话，虽然我知道自己对这些事情的好奇心并不比别人用来打发时间的八卦和偷窥更高明。

《小型典礼》中的叙述者朱迪丝·基尔公开宣布，叙述别人的生活是自己的生存之道，为了能够一窥他人的生活，她愿意暂且放下判断、目标和道德原则。事实上，她的这种需求如此强烈，促使她成了一名专业传记作家，这个工作让她可以名正言顺地窥探、怀疑、采访、偷听和诠释，最终水到渠成地对写作对象的动机和可能经历的事情得出结论。

我刚开始写小说时，有朋友问我写的是什么。最初我不知道该怎么回答，因为事实上我也不是很确定我的主题是什么。很快我有了答案——通过阅读评论我作品的书评，通过和那些问我写什么的朋友交谈。

我写的是普通人——不管他们是谁——还有他们普通而闭塞的生活。我还开始越来越多地写那些我虚拟出来的一类人（这是我的错），他们对其他普通人的生活细节充满好奇，强烈的好奇心驱使他们成为传记作家或小说家，这些人可以堂而皇之地获得社会的许可去调查他人的生活——利用档案材料、书信日记和发黄模糊的照片，利用未经核实的谈话和回忆，在他们的文学作品和小说里表现那些出名或根本不出名的人的生活。

那么，我们如何才能走进别人的生活，获得我们假设的真实内核？我小时候数学很不好，但我很喜欢做那种叫作"应用题"的题目：玛丽·布朗拿着20美元到杂货店买2磅奶酪，每磅1.5美元，问：她还剩多少钱？答案很容易得出，或者不那么容易，但是我感到好奇的主要是和人有关的信息。这个玛丽·布朗是谁？她拿那些奶酪派什么用场？她年纪那么小会有人给她20美元吗？她以后的梦想和愿望是什么？她拿着购物袋和一口袋零钱蹦蹦跳跳回家的路上心里在想什么？

我记得，在我的加拿大婆婆八十多岁时，我曾经尝试"采访"她，希望了解一些她童年时期在曼尼托巴省一个拓荒农场的经历。从一开始，这个项目就注定要失败。我不知道怎样正确地提问，她也不知道我想了解什么。连我自己都觉得我提问的思路突兀而混乱，结果就不足为奇了，她的回答含糊其辞，对我而言毫无用处。我希望了解的是二十世纪早期那个位于温尼伯以北六十英里的河边农场的准确信息，比如用的什么家具，地上铺的是什么，天花板是怎样的，厨房粗糙的橱柜里放了什么装饰品。而我得到的只是一些非常笼统的信息：哦，很舒适。哦，我们自己做奶酪。那些羊真是讨厌呀。冬天很冷。总而言之，我的尝试失败了。我料到多半会失败。

对于自己拥有如此贪婪的好奇心，我也感到有点奇怪，甚至有点羞愧。

乘汽车或火车时，如果旁边的乘客在看书，我会特别想知道书名是什么，这在我是再自然不过的事。在我的作品出版后接受采访时，我经常会反问采访我的人一些问题：你怎么会当上记者的？你通常会接受什么样的写作任务？你有孩子吗？再多告诉我一些。

过分好奇的人总是要求别人再说一些。他们想知道细节，再琐碎的细节在他们眼里都是有意义的。

说到好奇心，我曾和一些女性朋友聊天，我们很想知道作为一个本世纪末的男人会有什么感受。

我开始问一些我认识的男人这个问题，我开始写一本名为《拉里的家宴》的小说。

我的非正式民意测验并不很成功。几乎每个听到我这个问题的人都是这样的反应："哦，可是——我没有代表性。"这种回答也许还有希望。另一些人会立即进入他们的打趣模式——我知道这是什么意思，他们都在极力回避对这个问题进行任何严肃的思考。

但也有一些人会若有所思地听着，然后诚恳地回答；还有一些人坦言他们从来没有讨论过这个问题，他们很愿意和我讨论，但如果他们表达不清，希望我能够保持耐心。他们的生活常常不可预期，日子过得不轻松也不稳定，不像他们的父辈那样有安全感，因此肯定也缺乏父辈拥有的来自权力部门的保障。

我一直对男人和女人以及他们在这个世界上和谐或不和谐的种种奇特相处方式感兴趣。托妮·莫里森① 在一篇文章里谈到大多数美国人都有意识分裂的问题，她认为这种分裂是由于无处不在的种族意识造成的，那是一种关于"他者"的挥之不去的内疚感。

不过我这里的"他者"指的是男人。他们是什么？他们是谁？他们想要什么？尽管我有父亲，有一个弟弟，有丈夫，有一个儿子，还有几个——不是很多，但有几个——男性朋友，但我还是不知道答案。在我写《拉里的家宴》时，我经常想到男人不愿意让女人了解的惊天秘密，还有女人不愿意让男人了解的秘密。

男人尝试写女人，女人尝试写男人，我认为都非常重要，否则最后会产生两种互不相干的文学，就像我听说现在有女生电影和男生电影。也许我们的文学已经出现了性别隔离。你只要问问你的朋友们乔·马奇② 是谁，就知道我上面说的话对不对

---

① 托妮·莫里森（Toni Morrison，1931—2019），美国著名非裔女作家，诺贝尔文学奖得主。
② 乔·马奇是美国女作家露易莎·梅·奥尔科特的长篇小说《小妇人》中的二女儿。

了。几乎没有哪个男人知道答案，但几乎所有的女人都知道。

但我们都知道，一个完整的世界是由男人和女人组成的，女作家经常需要写到男人，男作家需要写到女人。有些作家甚至走得更远，他们不仅在作品中写到异性，而且还从异性的角度思想和表达，我在《拉里的晚宴》中正是这么做的。

我们可以问一个问题，也确实经常问这个问题，那就是作家的这种性别换位有多成功？里面有真相吗？也许比我们想象的要多。奥斯卡·王尔德认为，和作家的自传相比，我们从他们的小说人物那里可以听到更多他们真实的声音，他对性别代词的差异并不在意。他说："男人以自己的身份说话的时候最不真实。给他一个面具，他才会说实话。"他说的是面具，但他也完全可以说裙子。或者，对于女作家而言，可以给她一撮翘翘的小胡子。

"你不是真的要写一个叫拉里的男人吧？"我的女儿问我①。拉里这个名字让她想到六十年代娱乐室里穿涤纶长裤的什么人。

她的这个描述让我很高兴，这正是我想要的人物形象。

这个来自温尼伯的拉里·韦勒是谁？他是怎样一个人？他在成长，首先一点就是，他要经历我们今天所说的漫长的童年期。他出生在1950年，小说从他二十六岁开始写起，一直写到现在。他有父母双亲，有过两个妻子，他有一个儿子、一个妹妹和一堆朋友。

他努力想成为一个好人，但这个世界并不总是鼓励他成为

---

① 安妮确信她就是这个女儿，她记得这次谈话。但也有可能是其他女儿表达了相同的看法，然后引发了类似的讨论。——原注

好人。看到电影和电视里的男人沦落为小丑，我会想：什么时候变成了这个样子？我希望给他一些尊严。我的初稿在表现他尊严方面并不成功，在终稿里我让他恢复了自我，成为我最初希望塑造的那个形象，这个过程就像用砂纸打磨抛光一样。

我知道我得在书里描写一些男人的家具、汽车和运动，这些都是我出于无知和个人兴趣通常会回避的内容。但更让我觉得困难的是要了解男人脑子里的活动。我们经常会说男性的直线思维模式和女性的圆环式思维模式，但我知道这太简单化了。我肯定会担心自己无法真正了解男人，但我会安慰自己说，我只是在写一个男人，不是所有男人。

还有一个有关身体的问题。通过耐心观察和同理心，两性可以对彼此有很多了解，但归根结底，对异性的身体不可能有换位的了解。可是，既然这是一部关于男人的小说，有一章的题目就叫《拉里的阴茎》。

另一些标题是《拉里的家人》《拉里的工作》《拉里的爱情》《拉里的朋友》等等——全书十五章按时间顺序排列，我的想法是对拉里·韦勒的生活做个造影扫描。我写的是普通生活，如果有这种生活的话。

在写这本书期间，我和两位男作家进行过讨论，他们是杰克·霍金斯（Jack Hodgins）和约翰·罗尔斯顿（John Ralston）。他们问我会不会写拉里的衣服，我说，不会吧，我没有想过他们的衣服有什么重要。但他们说服了我，内衣和领带的选择是男人形象的一部分，所以有一章的标题是《拉里的衣服》。我很感激他们。

在我思考男人和女人这些问题的同时，我对迷宫也产生了浓厚的兴趣。几年前，我在英国的萨弗伦-沃尔登横穿一个公园时发现自己进入了一个中世纪的草地迷宫，那是世界上最著名的迷宫之一，虽然我之前并不知道。

从那时起我开始阅读有关迷宫的内容，参观我可以找到的迷宫。关于迷宫这种出现在地面上的涂鸦为何存在，说法五花八门。几乎在这个世界的每一个角落、每一种文化中，我们都可以找到树篱迷宫、石头迷宫、岩石上雕刻的迷宫、古代钱币上的迷宫。它们也许象征着人类生活的曲折变化，代表着人出生或走向上帝的历程。有些可能有性爱意味，属于求偶仪式的一部分，要不然就是一种游戏，是人们在艰难的生存中给自己找的消遣。

把我对迷宫的热爱转到拉里·韦勒身上是顺理成章的事。他一步一步地成了一名迷宫设计师——这个普通的男人有了一份不同寻常的职业。事实上，全世界也只有大约十来个迷宫设计师，但随着当代越来越多的迷宫出现，人们开始对这些人产生了关注。

在写这部小说时，我把每一章想象成一个小小的迷宫，有入口，有出口。最后一章的标题是《拉里的晚宴》，在这一章中，拉里面临人生的最大迷宫，关于爱与被爱的迷宫，关于永恒的迷宫，关于智慧的迷宫，在一定意义上，这是他重新认识自我的迷宫。

这部小说的编辑过程特别愉快。我的编辑住在英国牛津郡的乡村小木屋里，因为我们同时发现了电子邮件这个好东西，因此决定用这个神奇的技术来进行每天的协商,这比传真的速度要快捷得多,比电话的交流效果更让人满意。

当然,和三个英国编辑共事并不容易,要解决的问题不少。我原有一章的标题是"Larry's Shingle"①,讲的是拉里自己开公司的事,但英国的出版人完全看不明白这个标题,他以为"Shingle"是海滩上的卵石。最后我们换了一个大家都明白的《拉里的公司》作为这一章的标题。

还有一个问题是历史准确性问题。小说中写到拉里在1977年的温尼伯喝卡布奇诺咖啡,那三位编辑认为我在胡说。我打电话向我的朋友马克·莫腾(Mark Morton)求证,他刚出版了一本关于饮食方面的书。他说:"给我半个小时。"然后,他答复我说,有一个意大利咖啡馆在五十年代就把卡布奇诺咖啡带到了温尼伯,但那个咖啡馆通常不接待女顾客。

一天早晨,英国编辑紧急发来邮件,说第三章中描写八月的晚餐吃抱子甘蓝有问题,因为抱子甘蓝要到十月才上市。他让我要么改月份,要么改蔬菜。结果,纽约的一位编辑发话了:"胡说!"——她一年中任何时候都可以买冰冻在小盒子里的抱子甘蓝。

后来,我们确实把场景移到了十月,但到了小说最后成型时竟然还会讨论抱子甘蓝以及它的当令季节,这件事让我觉得很神奇。

---

① Shingle 在英语中既可以指诊所或律师事务所挂的招牌,也可以指海滩上的卵石。

简言之……

正确理解其他人：
- 男人尝试写女人，女人尝试写男人，我认为都非常重要，否则最后会产生两种互不相干的文学。
- 如果你的初稿没有抓住你所塑造人物的性格，你也许需要像用砂纸打磨抛光一样来加工终稿，让你的人物重新变成你最初希望塑造的那个形象。

第九章

爱情故事

> 作为一个浪漫主义者,就是要相信一切皆有可能。
>
> 《爱情共和国》

和大多数孩子一样,我原以为浪漫的爱情只存在于童话世界和星期六午后的电影,但有一次我很幸运地看到我的叔叔在餐桌上俯下身子亲吻婶婶的脖子。那是一个夏天,她穿着背心裙,手里举着一勺果冻送到嘴边正准备吃。那时他们已人到中年,大概五十多岁,我只是个九岁或十岁的孩子——但我感到了一丝甜蜜的颤抖,我认出了"它":爱情、柔情、激情、浪漫、喜悦。所有那些令人渴望又令人困惑的东西,就发生在我们家普普通通的餐厅里,这太让我惊讶了。

虽然有这样一次撞见爱情的经历,但我还是很早就掉进了一个陷阱,相信爱情和理智属于两条完全不同的路。只有傻瓜才会陷入爱河,人们要摆脱爱情这种狂躁幼稚的疾病,成为有责任心的公民。

几年前的一个晚上,我发现我的女儿把我的书架翻了个遍,"你怎么没有爱情小说?"她有点气急败坏地问我。①

---

① 我们不知道这个女儿是指哪一个。——原注

我们每个人都需要爱情，渴望爱情，甚至有时候会为了它去死，那为什么我们的书目上却找不到它的影子呢？我突然意识到，语言是一个问题。有关爱情的句式已经成为流行文化的专利——摇滚乐的歌词、贺卡，这和表达激情的语言占领色情行业是一回事。看到"亲吻"或"拥抱"这些字眼，会让人尴尬脸红。

也许更严重的问题是很多人对爱情的成分抱着深深的怀疑——他们觉得爱情不过是混合物的化学反应，是短暂的邂逅，是多愁善感的共鸣，最终会不可避免地掉入疏离和背叛的黑暗深渊。写爱情小说是不务正业，是感情用事，写的不外乎是鸡毛蒜皮的琐事。

我的《爱情共和国》出版于1992年，《牛津加拿大文学指南》把我的这本爱情小说概括为"一个美好的城市幻想"。这个评价要么是一个愚蠢的误读——这本书既是写爱情也是写孤独感，要么就是表达了严重的嘲讽——爱情是幻觉，是徒然的想象。我们真的相信浪漫的爱情不再为我们和我们的社会带来活力和变化吗？我们真的宣告文字和我们感知的世界已经永远脱节？（现在很少有人引用伍迪·艾伦的话了，他曾评论说，喜剧作家总是被安排坐在儿童的桌子上。如果这话是真的，那么尝试写爱情小说的作家则是被安排坐在桌子底下了。）

曾经的爱情小说和善恶小说是平起平坐的，它采用的是微妙的表达方式。想一想简·奥斯丁在作品中对身体部分的描写（其实是避免描写）。（很幸运，我们可以利用词汇索引来解决这个问题。）根据统计，在她的六本小说中，两次写到脚踝，一次写到鼻子。还有三次写到胸部——但这些胸部无一例外都属于男人,那是产生高尚情感的心房,绝不是女性激情澎湃时起伏的乳房。在奥斯丁的笔下,爱情温度计的任何升温都表现得隐晦婉转,比如用手的轻微颤抖代替剧烈的示爱动作,所有这一切的尺度都被大大缩小,就好像在看娃娃屋里发生的故事。

也许在一个宽容的社会里,我们想说什么就可以说什么,不再需要对抗某个具有禁止性和惩罚性的观念;或者也许是过去半个世纪中出现的性别变化让人产生了怀疑;或者是无爱的性让人们感到困惑和悲哀;或者是埃里奇·西格尔[①]版的爱情故事让我们变得更加谨慎以免再上当;或者是因为小说常常取材于劣质的小说,而不是生活,对性爱的描写只是在重复好莱坞电影中的卧室场景还有小丑喜剧中的枕边密语。肥皂剧里那位优秀的年轻外科医生让人心生恐惧,他要给前妻进行脑部手术,台词里没有一点善意,他们已经把爱情变成了蔑视。

也许爱情故事已经失去了可信度,因为我们已经回到自我与自我无尽对话的孤独状态,我们把自己囚禁在肉体的自我中,用生物和逻辑拒绝爱的救赎,拒绝温暖的拥抱。英国七世纪的历史学家和神学家比德(Venerable Bede)曾把人生比作一只燕子,这只燕子在寒冷的冬夜中飞行,无意间飞进一个温暖明亮的宴会厅,它迅速穿过这个灯火通明的房间后,又重新飞回到另一端的寒冷黑夜中。这个形象真是扣人心弦,而且恰如其分,它的精妙类比让我们想到人生的艰难。但如果我们换一种想象,

---

① 埃里奇·西格尔(Erich Segal,1937—2010),美国当代著名作家,小说《爱情故事》于1970年出版后大获成功,被改编成电影后获得7项奥斯卡奖提名。

这个形象将会多么更加动人心魄啊:这只燕子和另一只燕子比翼双飞,它们的翅膀几乎触碰却没有真正触碰,它们在某种神秘雷达的指引下前行,本能地彼此依靠,不离不弃。

我想知道爱情中有哪些东西是可能的,所以我写了一部爱情小说,发生在温尼伯的《爱情共和国》。

简言之……

- 爱情故事也许失去了可信度,但想一想一只鸟和另一只鸟比翼双飞的样子,它们的翅膀几乎触碰却没有真正触碰,它们在某种神秘雷达的指引下前行,本能地彼此依靠不离不弃。这是一个值得我冒险一试的故事。

第十章

短篇小说（和女作家）

罗伯托·卡拉索[①]的《卡德摩斯与哈莫尼的婚事》出版时，编辑们坐卧不宁，不知道应该把它归在哪个类别。是小说还是非小说？这部作品混杂着民间传说、历史、诗歌、叙事和评论，到底属于哪一类？是属于上面的每一类？还是不属于上面的任何一类？

对于一个从小就热爱文学、但一直对文学的形式和定义感到不满的人来说，这样的混乱不仅不会让我不安，反而让我感到振奋。看看我们是怎么定义散文的：不是诗歌的写作。什么是诗歌：不是散文的写作，呵呵。再看看那个既费解又毫无意义的名称：非小说。短篇小说呢，大家都知道，就是一口气就能读完的叙述文，你不要去管这个奇怪而抽象的"一口气"到底是什么意思。长篇小说除了篇幅更长，也许需要读几次才能读完，其他都一样。长篇小说或短篇小说有多长？和绳子一样长。叙事就是故事，故事就是——叙事，就是这样。

[①] 罗伯托·卡拉索（Roberto Calasso，1941—），意大利作家和出版人。卡拉索一直活跃在意大利文化圈，他于上世纪中期加入阿德尔菲出版社，并于1999年出任该出版社董事长，出版的作者包括尼采、卡夫卡、罗伯特·瓦尔泽等作家。

除了定义还有其他问题。故事里的每一个细节都必须服务于整体效果，契诃夫和海明威都这么说，那一定就是对的。人们常说，故事要有冲突。我花了很长时间才明白什么是"故事情节发展线"，明白为什么生活中的真实特质和大胆自信很少能在故事中得到体现，特别是女性的生活。

我对小说的态度，经历了一个又一个的冲击，甚至是一连串的冲击。有一次很大的冲击大约发生在1983年，我听到来自加尔卡里大学的学者海伦·巴斯（Helen Buss）批评悲剧和喜剧的二分法是父权制度（我告诉自己一定不要用这个词）的遗风。在一次文学研讨会上，我听到很多非常严肃的学者讨论苏珊娜·穆迪的《丛林中的艰苦岁月》到底是小说还是一系列随笔还是回忆录还是别的什么东西？不出所料，讨论结束时大家没有得出任何结论。在我看来，这些知识渊博的学者纠结于穆迪夫人的书属于什么体裁，却忽视了整本书本身。要知道，整本书是一个逐渐成形的过程，顺其自然地产生、重组和推向新的内容。

我从八十年代早期开始写作，当时我写的是一系列取名为《奇迹种种》的短篇小说，我努力摆脱那个简单的舒适区域——传统短篇小说中必不可少的"顿悟"：看似突然、其实是精心策划的恍然大悟，作者控制着故事的发展，让故事在最后一段圆满收场。

结局本身就给人一种虚假的感觉，苦苦追求之后终于实现的目标，宏大高尚的举动，突如其来的大彻大悟，这一切夸张而热烈。

我想写的故事是那种把人带入神秘和悬念的故事，不是平铺直叙的展开，而是让情节迅速升级或是融入另一个叙事，就像我写的短篇小说《家》的结尾。或者，我会把最后一段快进到未来，这发生在我的另一个短篇小说《瞬息而变的行为》中。或者，我会在最后一段回到过去，这是名字为《场景》的短篇小说采用的那种结尾。我希望这些故事的结尾有一种审美的惊奇，这是从叙事中衍生出来的，而不是从中直接产生的。

在我的短篇小说《场景》中，我尝试要让传统小说的"脊椎"脱位，我说的脊椎是指那根神圣的情节发展线，它理所当然地通向某个重要的地方，某个不可避免的地方，这样的线路也许是参照了性高潮的模式，勃起之后是性欲消退。这是一个没完没了的可以预期的圈圈：产生欲望、满足欲望、陷入沉寂。出于某种原因，我更喜欢偶然和无序，不喜欢不变的循环或紧凑的叙述。事实上，我注意到人们对小说中悬念的渴望常常被审美安全这种几近机械的模式所淹没。

> 我和马特·科恩争论一本短篇小说集应该有多少页。他认为一百五十页比较合适（他自己就是这么做的），而我想要有二百页，那样才真正像一本书。
>
> ——写给安妮·贾尔迪尼的信

我从八十年代早期开始注意女人们围坐在桌子边互相讲故事的方式。我注意到她们的故事是片段式的，常常要打断流畅的线性叙述，插入一些有关家族的题外话和小花絮，但这些题外话并不是真正的题外话,而是故事必不可少的一部分。她们喜欢你一言我一语地聊天。有一次我们聊的是小时候玩过的玩偶。每个人讲的故事都有不同的结构和效果,但后来我意识到这些故事放在一起就构成了一个更大规模、更加复杂的形象,这个形象从各个角度反映了女人的本性以及她们关爱他人的能力,她们从中找到了生存的策略。

那次的聊天让我写成了一篇名为《玩偶,玩偶,玩偶,玩偶》的短篇小说,我希望这个标题能够表达出故事的群体性质。约翰·巴思在1994年出版的小说《曾经沧海——一出漂浮的歌剧》(*Once Upon a Time:A Floating Opera*)中就表达了这个观点,他认为小说作家核心的叙事问题不是"发生了什么",而是"我是谁"。很多女性作家会把这句话稍作调整,变成"我们是谁"。

1984年,我和我的女儿安妮·贾尔迪尼合写了一篇名为《树林》的短篇小说。她当时来看望我,我们希望能在一起多待些时间,可是我要赶着完成一本短篇小说集。我建议她和我合作写一篇东西,我们商量好了该怎么操作。我写好一页给她,她接着写另一页,然后再给我接着写,每次我们可以在对方的文稿上进行两三处的小改。十七天后,我们都觉得故事已经完成了,于是坐下来一起编辑。这个故事不是一个无缝连接的整体——我们似乎做不到这一点,这个故事由十七个相关片段组成,有点奇怪,有点晦涩,语言风格有点像翻译文体,略显粗糙。我把这个故事放进了我提交的终稿中,心想编辑可能会发现这一篇的作者有什么异常,然后会把它从书稿中拿掉。可是事实上联手创作并没有成为一个问题,这篇小说和其他小说一起出版了,只是加了一个说明:"与安妮·希尔兹合作"①。

我们总是听人说(这真是一大奇谈怪论),现在的女作家比男作家多,就好像是女人在虎视眈眈地企图篡位夺权。有趣的是,我们从来没看到有谁说男作家太多。这种状况已经存在很久了。1853年,J.M. 勒德洛②告诉他的英国读者:"我们必须看到一个事实 [注意他强硬的语气],在世界历史的这个特殊时期,来自几个重要国家的最优秀的小说碰巧都是女性作家的作品。"据说几年前,加拿大广播公司的一位制片人对玛格丽特·阿特伍德说:"我们很多人都感到不安,因为我们觉得女性已经占领了加拿大的文坛。"这算不算是妄想症?这么说有何凭据?还是有那么多男性在写作、在发表,但在某些地方已经出现了转变的趋势,也许就在这里。

如果确实如此,那么紧接着就让我来谈一谈质量问题。虽然这也很难证明,但至少看上去加拿大的短篇小说在全世界范围都很受欢迎,而且女性对此做出了极大贡献,这是为什么呢?一部分的原因应该是偶然的天赋,在这个意义上,如果我们试图解释爱丽丝·门罗或梅维斯·迦兰的成功,那就太自以为是了:我们只能为拥有她们而感到荣幸。另一方面,我们都熟知短篇小说的历史。它始自爱伦坡和霍桑,它是新世界的产

---

① 那一年,卡罗尔写信给安妮说:"我觉得这会让这本书有一种我越来越喜欢的特别的怪异感,我想知道这是为什么。"——原注
② J.M. 勒德洛(J.M.Ludlow, 1821—1911),出生在印度的英国律师、记者,领导了基督教社会主义运动。

物。它有着新辟疆土的喧闹，不适合讲述古老的传说和神话，却适合记录此时此刻的经历。也许现在的疆土边界已经发生了变化，重心向北转移，向西转移，但最大的变化是人类的重心向原本没有选举权的另一半人转移了，这些人的经历原先几乎被埋没在日记和信件中，埋没在她们那些偏离主流却勇敢无畏的营利小说里。

有几个关于女性写作的奇谈怪论应该就此终结了。一个说法是，女性擅长写短篇小说是因为她们的生活是支离破碎的，她们是在烘焙饼干和洗衣服的空档里写作的；另一个说法是，女性写短篇小说是因为她们总是报名参加基督教青年会专攻短篇小说的创意写作课；还有一个说法是女性身材小巧，她们身上有某种心照不宣的肤浅让她们倾向于更加短小的形式，而无法写作更具史诗性质的作品；也有人认为女性具有准确、敏捷、浓缩、简约的想象，这正好适合短篇小说；此外，文学中被称为"女性声音"的那种东西也非常适合短篇小说。

女性想象这种说法很成问题，因为这让人想到某种永恒不朽的特质，而事实上这只关系到某个特定时期的女性，是一些不断变化不断发展的想法或形象或其他什么东西，从总体上看，只有一部分女性在某些时候可能会分享这些东西。

我很愿意接受"女性声音"这个非常有趣的说法。我们似乎可以认为女性的写作会更为温柔、流畅、精致和优雅。如果有人说，女性擅长丰富的语言形式，会使用一连串复杂的隐喻或精妙灵活、意味深长的句法，我们会很高兴地表示同意——可是我们怎么证明呢？

我们在女性作品中真正经常发现的东西值得我们关注，比如，某个我们可以称之为当下的、私人的、迫切的时刻。我们还经常会在女性作品中发现更加丰富的情感类型。她们的作品也许会少一些夸张，少一些神秘性。背景一般都很简单但具有普适性：四面有墙的地方、房间、屋子。即使跨越了国界，我们还是可以找到主题的相通性，这些主题之所以相通，是因为它们植根于女性的生活，可以轻松地从一种文化转移到另一种文化。例如，绝大多数女性都做过母亲，她们都会从孩子身上看到性格的发展，这一点全世界都一样。一直到现在，待产和分娩仍然是全世界女性共同面临的问题。她们与外面的世界隔绝，甚至与自己的历史隔绝，因此本能地转向最为迫切的问题，比如作为女人意味着什么，为了保留人性有时如何放弃权力。

但是这些具有普适性的主题是否得到了所有人的关注？大家是否给予了足够重视？几年前，一位加拿大书评人把一本表现母亲主题的小说称为"尿布小说"。他的这个提法不仅攻击了这部小说的写作方法，而且更为重要的是，攻击了这种人生体验以及它在文学中的正当地位。对于女性作家而言，要说服自己去认识自身经历的价值是一个艰苦的过程。需要说服的还有其他一些人：出版人、编辑、加拿大艺术委员会的评委、教授创意写作的教师、书评人、书商，最后，还有读者——那些读者有时候会很不情愿地表示歉意，说他们主要阅读的是女性作家的作品。

女性作家——随便什么地方的女性作家——都需要承担伊

萨克·迪内森①所说的"作为女人的本分",这些事情总是要侵占她们的个人时间。女性作家经常会认为,她们只有在给别人带来不便的情况下才有可能写作。我们来听听凯瑟琳·曼斯菲尔德如何描写她和约翰·米尔顿·穆里早期的关系:"收拾房子似乎占用太多时间……我极其烦躁,很想工作……可是,总得有人洗碗做饭。"洗碗这种事也许只是发发牢骚而已,但她的关键词是"极其烦躁",因为烦躁会让人沮丧,沮丧会让人愤怒。如果我们听一听弗吉尼亚·伍尔夫是怎么说的就会知道,愤怒会扭曲艺术品,使它丧失智慧和灵气,除了提供一个宣泄情绪的场所,别无他用。

在我看来,我们正处于文学疆界里一个有趣的阶段。我们已经宣泄了某些情绪,我们已经得到了一定自由去写作。女性在文学世界里感到更加安全了。

究其原因,不一定是因为女性写出了更好的小说,而是因为她们的小说写出了读者们渴望了解的事情。还有一个可能,是因为在全世界范围内,严肃的女性作家正处于上升趋势。说到底,小说这种文学形式是在大批女性第一次有机会受教育的时代诞生的。女性作家拒绝了冒险小说,拒绝了哲理小说,选择了反映普通人日常生活的小说。这一类曾经被冷落在角落里的小说叫"家庭小说"。直到近些年,人们才意识到,其实每个人,不管是男人还是女人,都有自己的家庭生活。

我认为,目前人们对女性小说感兴趣的另外一个更加重

---

① 伊萨克·迪内森(Isak Dinesen,1885—1962),丹麦小说家。她最为著名的作品是《走出非洲》,这部作品1985年被拍成电影,并获得6项奥斯卡奖。

要原因是,大约百分之七十的小说读者是女性——书商是这么告诉我们的,他们还告诉我们,这些女性希望听到其他女性的声音。也许她们一直希望听到这种声音,但我们需要西蒙娜·德·波伏瓦和贝蒂·弗里丹①来告诉我们,我们比自己想象的更聪明,我们需要凯特·米利特②告诉我们(我记得是在1970年),我们再也不需要把亨利·米勒当回事了,这是多大的解脱啊!女性奔走相告,互相帮助,你可以问问出版人,在女性读者中真的存在一个关系网,她们会说:"你一定要读读这本书。"而这往往是女性作家写的书。

弗吉尼亚·伍尔夫(就像我某部小说中的人物一样,我对伍尔夫有偏爱)激发了我要做个严肃作家的冲动。玛格丽特·劳伦斯③通过她的写作告诉我,"要严肃,没错,但小心不要过于一本正经"。梅维斯·迦兰让我们看到如何写出充满智慧但不迂腐的文字。玛格丽特·阿特伍德在我看来无疑是加拿大的第一位世界级明星,她非常勇敢——她可以挑战任何正统观念,而且总是不乏才智。爱丽丝·门罗在她的一篇短篇小说里描写了什么是真正的工作。小说中的叙述者说,我真正的工作

---

① 贝蒂·弗里丹(Betty Friedan, 1921—2006),美国当代著名的女权运动家和社会改革家,被称为"美国现代女权运动之母",其《女性的奥秘》(*The Feminine Mystique*)点燃了当代女权运动。
② 凯特·米利特(Kate Millett, 1934—2017),美国作家、教师、艺术家,激进的女性主义者。
③ 玛格丽特·劳伦斯(Margaret Laurence, 1926—1987),二十世纪六七十年代加拿大文学复兴时期举足轻重的作家之一,她在马那瓦卡系列小说中,运用独特的女性写作方式,刻画出一群执着探求存在意义及自我价值的女性形象,并以此来挑战以男性视角为中心的文学传统。

不是做家务，不是照顾丈夫和孩子，而是"找寻远方的自我部分"。这些远方的自我部分，这些被隐藏的生存层面，无论是羞耻、陶醉或别的什么东西，都是每一个作家努力想要发现和理解的。

女性作家的吸引力有一部分也许是来自她们说话时亲密的样子。我经常想象女性作家如何围坐在桌前，她们不是向整个时代或整个人类说话，而是向每一个读者个体说话，就好像那些读者和她们同处一室，她们所讲述的是发生在她们自己生活里的事情。女性作家经常似乎愿意去理解别人的脆弱性，把自己置身于这种脆弱状态中。作为一个选择了写作生涯的女性，我希望能够通过写作改变女性生活的隐蔽性，我把写作看作是一种救赎的行为。为了做到这一点，我需要友谊，比如其他女性写作者的友谊，这会让我们在某些方面变得更加勇敢。

今天的女性写作也许更有自我意识，更加包容，男性不再像过去那样高高在上或抹杀女性作家的成就，女性作家的作品不再有被边缘化的危险。海伦·巴斯（Helen Buss）质疑我们的文学中母亲为什么会缺席，加拿大诗人和学者达尔·勃兰特（Di Brandt）质问为什么我们的文学作品中找不到愤怒的女性。有一段时间，人们希望小说中的女性人物足智多谋、开朗乐观。对抗真实的生活就是成为哭哭啼啼的受害者。直到1988年，我们的一位最优秀的作家邦妮·伯纳德（Bonnie Burnard）还受到《环球邮报》评论员威廉姆·弗伦奇（William French）的指责。弗伦奇先生无法接受她的《妇女势力》一书，他写道："全书充满了忧郁的笔调，我们希望逃脱她如此着力描写的这个无情的世界……伯纳德有着不可否认的才能，她在书中讨论的这些女性问题不可辩驳地存在，但我希望，在她的下一本小说集中，她能让我笑一笑，哪怕只是笑一次。"

难怪女性作家的作品会成为女性读者的避难所。在那里，她们找到了自己；在那里，她们可以成为自己；在那里，个人感受和普遍认知之间的距离大大缩短。我认为，女性渴望拥有她们自己的真诚。不论是作为作者还是读者，她们都欣慰地意识到她们所遭受的蔑视是不公正的。一位男性评论家曾经这样评论爱丽丝·门罗的一篇优美而晦涩的短篇小说：你完全可以知道门罗夫人什么时候停下来去喝茶。

是穆丽尔·斯帕克[①]在一本名为《故意闲逛》(*Loitering with Intent*)的小说中为我彻底打破了魔咒，她写下了这样激动人心的句子："在二十世纪作为一个艺术家和女人，是一件多么美妙的事啊！"一直以来我也深有同感，但看到有人勇敢地把这句话写在书上，就更让我有了一种真实的感觉。这句话鼓励了我，我稍作修改，以此表达我的感受：一个女人能够在加拿大生活和写作，是多么美妙的事啊！

[①] 穆丽尔·斯帕克（Muriel Spark, 1918—2006），英国女作家，代表作是《琼·布罗迪小姐的青春》(*The Prime of Miss Jean Brodie*)。

简言之……

- 特别是女性作家会在短篇小说中发现以下特征:
  - 当下的、私人的、迫切的时间
  - 更加丰富的情感类型,少一些夸张,少一些神秘性
  - 简单但具有普适性的背景:四面有墙的地方、房间、屋子
  - 主题的相通性,这些主题之所以相通,是一位它们植根于女性的生活,可以轻松地从一种文化转移到另一种文化
- 选择短篇小说也许可以反映出女性与外面的世界隔绝,与自己的历史隔绝,因此转向最为迫切的问题,比如作为女人意味着什么,为了保留人性有时如何放弃权力。
- 女性读者希望阅读有关女性生活的作品。
- 在写作中,她们不是向整个时代或整个人类说话,而是向每一个读者个体说话,就好像那些读者和她们同处一室。
- 愿意去理解别人的脆弱性,把自己置身于这种脆弱状态中。
- 现在男人和女人能够理解彼此的经历,这是前所未有的,这一点非常重要。

第十一章
写出我们迄今为止所有的发现

哎唷！有那么一阵子，我对小说的未来感到忧心忡忡，我觉得它就像一个病人，在越来越窄的床上痛苦地辗转翻滚。其他媒体——电影、录像、特别是电视，都想拥有自己的那部分叙事，它们给长篇小说和短篇小说带来了威胁，但同时也带来一阵生机，甚至开启了一种默认的新传统，在这个传统里，书面文字承担起只有书面文字才能完成的任务。

真是好险啊！这个病人差一点就死了。有很长一段时间，我们经历了一个痛苦的意义危机，我们开始认为，既然文字可以表达任何意义，那么也就可以说它们没有任何意义。幸运的是，真实的世界总是不停地闯入到文字里来，没有让语言怀疑论变成现实。而且，似乎只有很少的作家能够在这种怀疑论中有所作为。总的来说，后现代主义是一个太过宽容的模式，在它大行其道的时期，很多毫无价值的含糊文字和内容都被当成了有价值的东西。

同样严重的还有现实主义的明显没落，这差不多也出现在同一时间。现实主义文学已经式微，因为其他媒体在表现现实方面经常可以做得更好。"提出问题-解决问题"的陈旧路径开始看上去像一个套路，人们开始质问现实主义作品里到底有多少现实主义。例如,女性的经历根本没有得到充分体现和尊重,她们的声音无人重视和倾听,她们的作品无法发表,无人阅读,得不到肯定。大多数我们称为现实主义小说的作品里人们看上去都是危机重重。只要想一想几年前那部所谓的现实主义小说《普通人》①:富裕的中产阶级、溺水而亡的长子、有自杀倾向的次子、神经官能症、负罪感、家庭破裂。如果你认为我们社会中的离婚率高得惊人——一半婚姻都以破裂告终,那么你应该去看看当代小说中的数字。你还可以关注一下小说中的焦虑系数,然后对照一下你周围人的情况。看看历史背景如何被描黑——另一个套路。再看看那些宏大而沉重的主题如何企图深入人们的内心,提醒我们:瞧!这是一本严肃的小说,它的作者非常严肃,非常有思想。

这些作品让人们感到害怕,或者愤怒,他们一度选择退回到极少主义流派②中,这类作品的表现力极为有限,整部小说由媒体句法、商标名称和幼稚的感叹语组成。作家们好像总是在百货公司里买便宜的内衣,或在便利店里瞎逛游。我们变得愤世嫉俗,对文化失去了信心,也开始贬低语言。

稍有改进的那类现实主义作品大量使用陈词滥调,语言和内容都不例外。我再也不想看到这样开头的故事:"莉莉在桌子上摆上了最好的瓷器和一对细细长长的蜡烛,今晚会是一个

---

① 《普通人》(Ordinary People)是美国作家朱迪思·格斯特(Judith Guest)出版于1976年的第一部小说,后改编成电影,获多个奥斯卡奖项。
② 极少主义出现并流行于20世纪50年代—60年代,主要表现于绘画领域。极少主义主张把绘画语言削减至仅仅是色与形的关系,主张用极少的色彩和极少的形象去简化画面,摒弃一切干扰主体的不必要的东西。

不同寻常的夜晚。"读到这样的文字，或听到这样的文字，我会听到另一个声音在我耳边邪恶地低语道："那又怎么样！"我不是那种会轻易被新鲜事物迷惑的人，但如果莉莉能把桌子放在帐篷里或第三百层楼，如果她宴请了六个瞎子牧师或三个前夫或一个失业的手摇风琴师，如果她在桌上放了一条死鱼和一把珍珠作为装饰，我也许会提起点兴致。虽然，在内心深处，我们都知道莉莉还是会不出所料地站出来说："突然，我意识到……"我再也不想读那些描写自私的软弱者的小说，不想看他们脆弱而自私的婚姻如何破裂，而且我对那些不信任自己的想象力、或者把精神失常作为写作唯一驱动力的作家深表怀疑。

不久前，我参加了一个短篇小说比赛的评选，发现有一个故事是这样开头的："一天早晨醒来的时候，我发现自己变成了一支铅笔。"这让我眼睛一亮。故事继续着，这个角色欣赏着自己削得尖尖的铅笔头，在他的橡皮擦上快乐地蹦跳着。但后来我们才知道这个人只是出现了精神失常，只是想象着自己变成了铅笔。写到这里，这个故事就彻底毁了。

在我看来，后现代主义之后出现的"新新新小说"(new new new fiction)（我们暂且这么叫吧），正在吸收真实世界里的某些元素，但仍然保持了那些最出色的后现代主义作家所展示给我们的勇气和语言创新，他们以不同的方式用新的"语法之勺"搅动着"词语之碗"。他们回归了现实主义，没错，但这个现实已经大大延展，让人类意识中的那些隐秘领域也进入了我们的小说。毕竟我们有十分之九的生活都浸没在沉默的水下，这些内容几乎从来不会反映在文学中。即使它们会低语、会哼哼唧唧、会唠唠叨叨、会告诉我们人和人之间有什么共同经历，它们总是被遗忘，被忽视。以作家尼克尔森·贝克为例，他发表了一篇小说，通篇描写的是鞋带断裂那种失重的、无助的、令人惊讶的感觉，描写那根断了的鞋带如何垂在手里——这是我们都知道的感觉，但你什么时候看到有人用文字描写过这种感觉？而且，这种感觉在电视上是根本无法表现的。

有那么一阵子，我们几乎相信这个世界愚蠢不堪，语言和意义之间有着不可逾越的鸿沟，我们只能冷嘲热讽地发表意见——在那段时间里我们中的大部分人都患上了严重的"闭口不言症"。有人挖苦亨利·詹姆斯[①]的写作，说他消化吸收的东西比吃下去的东西还要多。但"新新新小说"以讽刺的态度看待具有讽刺意味的事，这样它就不会让自己陷入窘境，不会让自己的小聪明限制了生命力。

各种各样的人物也回到了小说中，不是那些有趣而狡猾的怪人，不是那些脾气暴躁牢骚满腹的家伙，不是那些根本就不存在的诙谐俏皮的女服务员，而是另外一些人，他们在大脑皮层或者心里或者生殖器或者臀部或者舌尖都在赞扬一个事实：我们比别人想象的或敢于描写的要稍稍再疯狂一点。"新新新小说"让读者成为小说的一部分。我们——作者和读者，在这个世界上拥有属于我们自己的尘土和缝隙，思考着属于我们自己

[①] 亨利·詹姆斯（Henry James，1843—1916），美国小说家、文学批评家、剧作家和散文家。代表作有长篇小说《一个美国人》《一位女士的画像》等，他的创作对20世纪崛起的现代派及后现代派文学有着巨大的影响。

的无法归类而且不可消解的思想。我们渴望时不时地坐下来畅谈一番,告诉彼此我们迄今为止所有的发现。

简言之……

新新新小说的特点是:
- 最出色的后现代主义作家所展示给我们的勇气和语言创新
- 对现实的描写大大延展,纳入了人类意识的隐秘领域
- 以讽刺的态度看待具有讽刺意味的事
- 人们赞扬一个事实:我们比别人想象的或敢于描写的稍稍再疯狂一点
- 分享我们迄今为止所有的发现

第十二章
发现每一个问题和每一个可能性

1996 年 4 月 8 日

　　我想我可以谈谈人们对叙事的需求，谈谈我们现有的叙事与我们的经历到底有哪些不一致的地方。也许我的题目可以叫《叙事饥渴和溢满的橱柜》。

　　介绍部分可以这样写："在人类需求的清单上，除了食物、住所、衣服以及与他人的接触，最重要的是我们对故事的渴求。叙事让我们得以与过去产生关联，给了我们把自己的故事和其他人的故事放在一起进行比照的途径，从而让我们能够理解我们在这个世界上所处的位置。但由于这样或那样的原因，人类生活的很大一部分并没有在叙事中得到记载。我们选择谁来充当我们的记录者，为什么？那些被封杀的或'失去的'故事后来遭遇了什么？我们怎样才能挽救更多发生在这个世界上的故事？这样当我们打开叙事这个橱柜时，我们可以找到足够的东西来满足我们的需要。"

　　请告知我这个想法是否可行。

　　　　——卡罗尔·希尔兹写给卢·赫克斯（芝加哥的一位
　　　　　艺术支持者）的信，讨论她计划中的演讲主题我记得有一次在巴黎的大街上，我看到一个男人坐在人行道上，他的脖子上挂了一个牌子，上面写着："我饿。"一个小时后等我再次看到他的时候，他正在吃一个巨型火腿三明治。当时我心想，他脖子上的那块牌子应该改成"我饿过。"显然，这是一个暂时得到满足的男人，但他意识到他还有其他的需求，也许是更高层面的需求，或者是有关存在的需求——比如一条秘密的信息、一个提供线索的符号、一个有条理的叙述或故事，这些都能见证他在这个世界上的地位。

如果文学和这个世界无关，那它还能和什么有关？幸运的是，整个世界都可以成为文学素材。不幸的是，这个世界的很大一部分都经过叙事的筛除，从记录者的指缝间悄悄流走，消失得无影无踪。我要谈论的正是这种富足和缺失同时存在的现象：一方面，叙事这个橱柜里的东西满得溢出来，另一方面，读者却吃不饱，仍然忍饥挨饿。还有太多的东西不在我们关注的范围之内，太多的东西仅仅触及我们生活的皮毛或以不可理解的形象出现在我们面前。

每个人都意识到，对叙事的需求是人类的一个特点。要不然我们的报纸为什么会充斥着各种针对老人、青少年、中年人、父母、消费者、病人和专业人士的顾问专栏？我认为，这些专栏的存在不是要让我们每天阅读大量文字，而是让我们得以一窥人们所处的困境，了解那些我们原本无从知道的发生在别人身上的故事。

即使是最小的叙事碎片都有吸引力。最近我们本地的报纸刊登了已故的埃尔维拉·马丁代尔的讣告，她除了是一位尽职的妻子，一位慈爱的母亲，还曾获得1937年曼马尼托巴省女子曲棍球冠军。如果要拍一部马丁代尔夫人的电影，电影的编剧一定会把她年轻时候的胜利作为最重要的情节转折点。那是多么难忘的一天啊！那是多么令人骄傲的胜利啊！——能够在记忆中保留五十年！然后呢，是五十年的平淡生活？——这是不是我们在这个讣告中读到的东西？（我以前一直不好意思承认自己会去读讣告，后来我发现其他人也会去读，他们这么做并不是出于病态心理，而是出于一种自然而且合情合理的愿望，他们希望扩展自己的生活。）这里还有一则约翰·杰·特雷弗的讣告，从中我们知道，他勇敢地和病魔斗争，他希望在他去世以后朋友和家人不要送鲜花，而是把钱捐给国际纽扣收藏家协会。在同一页上，我们看到：在"开心地滑了一天雪"之后，罗斯·麦高恩和朱迪·麦高恩夫妇在车祸中丧生。

多年前，我参加了一个小型写作团体，我们的带头人是格温·利德曼。她建议我们读讣告，因为讣告里包含着叙事的小小果核，就像每个染色体里都载有密密麻麻的基因。这些看上去微不足道的小事（格温常常把它们称为粉刷前用的腻子）非常私密、非常真实、也非常奇怪，它们可以让老套的故事增光添彩，甚至会让它变得出人意料。

——《除非》

电话公司已经学会利用情感叙事的方法在电视上打广告。

你应该都见识过了：孤独而焦虑的父亲急切地想知道儿子是否通过了律师资格考试；一位老妇人等待着孙女出生的消息。这些催人泪下的小故事也许是拙劣的艺术，但被包装成开胃菜，聊解我们的叙事饥渴。

帝王苏格兰威士忌①的生产者知道我们多么需要故事的种子，而且我们还多么需要把自己的故事放在别人的故事旁边，去比较、权衡、判断和宽恕，去找一个视角来重新审视自己在这个世界上的地位。他们的广告通常会登在高档杂志的封底，里面的人物都是白富美和高富帅，告诉我们他们何时以何种方式赚到了第一个百万，他们目前在读什么书，他们最喜欢吃什么，他们最喜欢的饭店是哪里，当然，还有他们最喜欢喝什么酒以及他们的成功人生哲学——这些其实就是小说家可以充分利用的生活素材。

家庭录像中的历险记。吃饭、坐车、走路或喝咖啡时聊起来的趣闻轶事。报纸上的豆腐干文字：比如《环球邮报》上有一篇文章说，在北美每年有十三个人被倒下来的自动售货机压死——我可以在小说里用到这个信息。

电视情景剧、歌词、笑话、都市传奇、连环漫画，这么多可以利用的素材，但还是远远不够用，也远远不够准确，这些都只是蜻蜓点水地掠过史诗般的人类历程，并没有反射回到我们自己身上。同时，这也引发了一个悖论：那些肚子里装满

---

① 帝王苏格兰威士忌（Dewar's Scotch Whisky），该品牌由约翰德华（John Dewar）于1846年在苏格兰伯斯成立，成为苏格兰威士忌中的佼佼者。目前，是百加得公司著名品牌之一。

素材的人反而对叙事表现出执拗的饥渴,这种饥渴让他们感到愉悦。

我们也许无法确切地知道什么是小说,但小说的一些特征是我们知道的,我们会在写作时表现这些特征——从 1740 年第一本英国现代小说①隆重登场直到今天,不管怎么样,小说仍然是人们喜爱的文学形式。这些特征包括:1. 小说中有某种特质接近于我们所认识的世界;2. 小说中和这个世界抗争的人物就像我们自己;3. 小说中的困境让我们想到自己的窘境;4. 小说中的场景触发了我们的记忆或渴望;5. 小说的结论缩短了私人感受和普遍认知之间的距离,让我们可以合上手里的书说一声"原来如此!"。

但我们定义的这些特征有多大意义?我们的叙事在多大程度上真正反映了我们的生活?

也许我们可以先承认一个事实,那就是:不管是真实发生的事件,还是随后对它们的叙述,都是通过文字传达给我们的,但是文字常常言不尽意,无法表达实际情况下我们真正想要表达的意义。没有文字我们就无法思考——至少很多人是这么认为的——因此,我们解决"言不尽意"的唯一方法是使用更多语言。但我们需要记住一点,语言的迷宫站在现实的旁边,不过就是一个多少有些拙劣甚至总是歪曲的仿制品。人们的经历是一种现实,具有当下性,语言就像一只理性或非理性的乌龟,拖着沉重的步伐跟在后面。我们也许需要用好几页的文字来再

---

① 很多文学专家认为塞缪尔·理查逊(Samuel Richardson)写于 1740 年的书信体小说《帕米拉》(*Pamela*)是英国的第一部现代小说。

现我们看到的景象：一颗飞逝而过的流星，一波翻腾起伏的海浪，甚至是一弯高高扬起的眉毛。如果我们估算一下，即使我们尽最大的努力去描写或记录某一个时刻，仍然会有一半的感知体验无法表达出来，那会怎么样？想象一下，一个圆圈代表的是货源充足的"叙事橱柜"，而根据上面的估算它会大打折扣，我们可以把这个圆圈砍掉一半。

想一想那个幼稚的旅行者，他在日记里描写了清真寺里那个召唤人们祷告的人，以为自己日后可以根据自己的文字回忆起他召唤祷告时用的音调。语言在智性领域非常有用，在表达情感和表现叙事变化时却显得力不从心。即使是亨利·詹姆斯、马塞尔·普鲁斯特或爱丽丝·门罗最精妙的文笔也不过是黑暗中的摸索。举一个例子，那些有关巴士底监狱大暴动的描写，和真实事件相比，即使是最沉重最详细的描写也不过是像纸张一样轻薄的猜想。现实世界比文字气味更加芬芳，口感更加强烈，触感更加敏锐。

安妮·迪拉德[①]说："写作只是写作，文学只是文学。"她还说："一个普通读者拿起一本书时什么也听不见，他需要半个小时才能听到书中声音的变化，时而高昂时而低沉，时而吵闹时而轻柔。"每一个展开的故事都要依靠语言这个零部件，语言是唯一指定的建筑材料，它赋予故事永恒的生命和形式。

我同意这个观点，我希望先从这一点谈起：不论是"现实"还是文学都需要语言，它们在此交集，它们都苦于语言本身严

[①] 安妮·迪拉德（Annie Dillard, 1945—），美国作家、诗人，曾获普利策文学奖。

重的局限性。我希望你们能赞成我的观点，我认为语言并非客观的，语言有各种各样的文化背景，无论私人语言还是公共语言，皆是如此。语言的使用有其目的，或者可以说，有其需要完成的任务。清真寺宣礼塔里的那个召唤人无疑也有自己的任务，但那个在旅游日记上记录的人，或者那个拿出录像机拍摄的人，他们之所以会感动，完全是因为其他某种魔力。

对所见所闻表示怀疑的叙事，把所见所闻重新定位排序的叙事，把所见所闻进行延展或收缩的叙事，把所见所闻大肆渲染的叙事，还有无法回避地带有偏见、不同解读和政治选择的叙事，所有这些从人类语言萌发之时就已经存在于我们生活中。人们认为原始的叙事描述的是英雄英勇牺牲或打猎历险的故事——可是我们又如何能确定呢？想象一下，尚处于原始文化的一小群人围着一堆篝火席地而坐，描述着如何捕获了一只野公牛。总得有人来开头描述，这个人是谁呢？他又是怎么被推选出来的？是因为他能够抓住准确的细节还是因为他能够描述得绘声绘色？我有意用了"他"这个代词，因为在十八世纪以前进入文学领域的主要是由男性叙述的故事。

即使迟至1957年，诺思洛普·弗莱[①]这位友善而仁慈的学者权威地宣布，小说形式可以准确地分成四种（顺便说一句，这也许是历史上最后一次如此精确的概括）。弗莱列举了几十个男性小说作家（还有一个叫乔治的女人，另一个叫简的女人），性别比例严重失调的作家群体以及女性经历的缺失大大破坏了

[①] 诺思洛普·弗莱（Northrup Frye，1912—1991），加拿大多伦多大学神学家和文学批评家，以《批评的解剖》一书闻名。

叙事的完整性，使它看上去就像把我们想象中的那个圆圈又砍掉了一半。

但我想再回到那个讲述狩猎故事的原始人。他知道叙事中停顿的意义吗？他知道怎么通过描述细节、通过使用隐喻一步一步地把我们引向野公牛的死亡，让他的听众处于等待之中，然后聚焦在一个场景上吗？他是否能够不受真实性的约束，在听众心知肚明的配合下，用一点点夸张，甚至是明显的夸张来拔高他的叙述？也许他会打乱重要的时间顺序，也许会插入一段无中生有的事件或人物，也许会用一件事来代替另一件事？也许他会把野公牛变成野母牛，让它多长一个角或一对翅膀。如果讲故事的人从来没有见过野牛，如果猎场早已不复存在，他不过是转述从祖先那里传下来的故事——会有人逼着他让出坐在篝火边讲故事的位置吗？会有人让他闭嘴，嘲笑他歪曲事实胡编乱造，粗暴地把他赶走吗？或者，他会在社会上得到尊贵的地位，在这个社会上，人们公开承认或默认我们自己的生活还远远无法满足需要，我们对叙事、对讲故事有着可能长达四万年历史的饥渴。

可是直到今天，我们还在为眼中所谓的"现实"和虚构作品之间的两分法而苦恼。区分"现实"（请注意我用的引号）和虚构不是什么新花样，而是古老的旧把戏，我认为，这和虚构作品没有勇气正视自己有关。很多问题出现了。这世上有没有真相这种东西？我们可以不再坚守诚实吗？谁制定规则？谁在讲述故事，讲述者和故事是什么关系？讲述者到底能在多大程度上发挥想象？例如，小说作家能够把一年写成四百天吗？能写天上下的不是雨而是雏菊吗？（你们会记得加西亚·马尔克斯的《百年孤独》中有这样的情节。他是一个知道如何打破叙事的旧瓶然后换上新瓶的人。）小说家可以给温尼伯的街道改个名字（我每次这么做的时候总是会遇到各种各样的麻烦），或者让猫飞起来吗？我们能否接受一个事实，那就是虚构作品不需要严格地模仿现实，我们希望它脱身于这个世界，照亮这个世界，而不是仅仅把光反射到我们身上？

你的回答可能是肯定的，又或许是否定的，你的反应取决于你所在的文化，取决于你出生的时代，取决于你的审美感或道德感。为了追求真实性，为了不说没有说过的话，为了不偏离常规，大量本来可能出现的精彩叙事都被断送了。（我们的圆圈又可以咔嚓一声剪掉一段了。）我在这里只能估算一下损失的那一部分。

一般来说，"现实"有着它的权威性，至少到近些年还是如此，但虚构文学似乎一直在自卫，或者要寻找狡猾诡秘的办法来规避道德怀疑论。那些源于神话或圣典的"故事"由于其神圣的起源或道德目的确立了自己的合法性。丹妮尔·斯蒂尔[①]的小说之所以能够大行其道，就是因为她能让我们暂时摆脱那些一直困扰我们的严肃问题。不幸的是，没有正式车票的故事上不了火车。

大量的故事，也许是我们这个文化中最好的故事，都因为讲述者不识文字或无权讲述而消失在历史长河之中。讲述者受

[①] 丹妮尔·斯蒂尔（Danielle Steel，1945—），美国著名浪漫小说作家，也是当今世界上最受欢迎的作家之一。

到限制，很多时候是"女人不许说话"（咔嚓一声，我们的圆圈又剪掉一段），或者是因为讲述者根本没有能力把自己的经历写在纸上（咔嚓！）。历史学家西奥多·泽尔丁（Theodore Zeldin）深入研究了法国文明，他告诉我们，在十世纪，十分之九的法国人都是农民，但我们现在能看到的只有一个亲历者对于当时的法国农民生活进行过描述，而且还要带着怀疑的眼光来阅读，因为这个亲历者后来学会了读书识字，摆脱了原来的农民生活，失去了典型性。但是，我们可以找到几十本以那个时期法国农村为背景的小说，在这些小说里，作家们结合了他们所了解的史实和自己的想象，或者从人工制品、绘画或文件中推导出他们的历史叙事。至少有一些是符合事实的吧？这是一个无法回答的问题，也许也是一个不公平的问题。当我们希望从叙事的橱柜里寻找食物的时候，就算里面是想象和虚构出来的东西，那也总比空无一物更好吧？

T.S. 艾略特说，人类承受不起太多现实。（咔嚓！）洛丽·摩尔[1]说，幸福的故事注定要灭绝。小说家约翰·赫塞[2]说，我们永远也不会有真正的战争纪实，没有人有勇气去写，没有人有勇气去读。（咔嚓！）诗人缪里尔·鲁凯泽[3]说，如果女人说了实话，这个世界就会四分五裂。（咔嚓！）

---

[1] 洛丽·摩尔（Lorrie Moore, 1957—），美国作家，以写幽默辛辣的短篇小说著称。
[2] 约翰·赫塞（John Hersey, 1914—1993），美国小说家和记者，以描写二战期间灾难性事件的纪实小说著称。
[3] 缪里尔·鲁凯泽（Muriel Rukeyse, 1913—1980），美国诗人和政治活动家，以写作平等、女性主义、社会正义和犹太主义的诗歌著称。

有一些从过去挖掘出来的故事保留了足够的真实性，但对于现代人的感受能力而言，已经失去了意义。你也许熟悉罗伯特·达恩顿[①]的《屠猫记》，这本书考察了发生在十八世纪的一个著名的玩笑，希望能够以此来解码当时的法国社会以及人们在启蒙运动期间的思想状态。这本书写了巴黎一位爱猫的印刷店老板，一天晚上，他的那些年轻任性的学徒杀死了他的十几只猫，并且把猫的尸体挂在店里好让老板第二天早上发现。那是一个玩笑，一个在欧洲流传了好几年的玩笑，而且显然老百姓听了都会捧腹大笑。《屠猫记》对这个玩笑从历史背景和语言双关的角度进行了深入的分析，从几乎所有可能的视角进行了审视，但其中表达的幽默仍然让人费解，甚至令人惊恐：这里一定有什么东西出了问题，要么是叙事有问题，要么是那个以此事为乐的社会有问题，或者——怎么可能呢？——是我们自己有问题？（咔嚓！）

另一个问题：从围着篝火讲述狩猎故事的时代开始，我们就已经有了虚构创作的意识，发明悲剧和喜剧这样的概念其实只是一种方便而武断的粗略方式，只是大体上的分类。我们还制定了各种规则，例如，应该怎样塑造故事，怎样达到时间和空间的统一，怎样处理冲突、情节发展和故事的结局。于是我们的叙事就得梳妆打扮一番，被发配到减肥中心，在那里学习如何瘦身，从而可以保持某种优美的文学线条，这种线条可以让它跻身于某种主要体裁，否则就要任由解构主义的大刀宰割

[①] 罗伯特·达恩顿（Robert Darnton, 1939—），普林斯顿大学教授，著名欧洲文化史专家。

修理，越来越脱离"现实"的特质和节奏。

正如作家桑德拉·格兰德[①]提醒我们的，真正的生活不能像小说章节那样展开——你们也许已经注意到这一点。生活没有隐含的主题，但我们似乎相信小说必须有主题。生活不会缓慢而稳定地推向某个高潮。生活很少只限于三个主要角色。在生活中，某个新的人物可能会在生命的最后篇章入场，但在小说中，这样做是有违审美次序的。于是，那些体态笨拙或超重的故事从我们的叙事中被清理了出去（咔嚓！），因为它们体式庞杂无法套用理论，也不适合做文本分析，而且太难教了！无论是根据正式或非正式的规则，我们都会用"适合教学"或"不适合教学"来描述一个故事，所以你完全可以想象，那些被认为不适合教学的故事下场会如何。（咔嚓！）

和捕猎野牛的古老故事相比，当代的故事也许已经大相径庭，但在这个漫长的过程中，讲述者和故事已经形成某种非常稳定的模式，罗伯特·奥尔特[②]这样的评论家称之为"深层结构"。我们可以直奔《尤利西斯》，去寻找一个早期的典型例子：流浪者的故事。这个无家可归、浪迹天涯的主人公眼神闪烁不定，无力改变生活，总是无助地漂泊。无论是在精神上还是心理上，他都是个孤儿；无论是一种隐喻的说法还是真实的情况，他总是会受到某种形式的伤害。这个浪迹天涯的旅行者是局外

[①] 桑德拉·格兰德（Sandra Gulland, 1944—），出生在美国的加拿大作家，以写历史小说著称。
[②] 罗伯特·奥尔特（Robert Alter, 1935—），加州大学伯克利分校的希伯来语和比较文学教授。

人，事实上，他选择了这样的位置。

如果说局外人是我们传统中最为稳定不变的文学人物，我们或许可以认为那些选择成为作家的人也是局外人。那么，这对那些在社会中心出现的叙事有何影响？对那些选择扎根于社会中心的人的观点有何影响？这些内容会不会也湮没在历史的长河里？（咔嚓！）这些叙事是不是从集体记忆以及文学宝库中被抹去了呢？如果是这样，那么在生活和处于边缘地带的文学之间存在多么巨大的鸿沟啊！你们可以看到，这个状况让我们这些作家置身于无比尴尬的处境中：社会邀请我们这些局外人来担任记录者，选择和塑造那些将在文化中保存下去的故事。

根据我们的叙事观点，我们淘汰、删除（咔嚓！）了这个世界原本拥有的故事宝库中的一大部分：那些和禅理一样简洁的故事，或者又如我们在美洲克里族传统中找到的故事，那些拒绝按照主流文化规定的叙事弧去获得完整形式的故事。

即使在我们自己的文化中，某些叙事材料也因为缺乏容器而被遗漏掉。我的那些学习语言学的朋友们告诉我，英语在描写神秘经验或超验经验方面词语匮乏，他们告诉过我一个很有名同时也让人不寒而栗的故事。这个故事说的是新英格兰地区的一个家庭主妇。一天晚上，她在洗碗的时候注意到肥皂泡泡在手腕上形成了一个圈圈，从窗口投射过来的暗淡光线映照在上面，反射出无数个小小的彩虹。她觉得这一刻实在太美太深刻了，她仿佛在这奇妙的幻象中看到了宇宙的秩序和意义。兴奋之中，她叫丈夫过来看，想跟他分享这一美妙时刻，结果他马上叫了一辆救护车，把她送进了精神病院。（咔嚓！）

我们也说到那些缺席的叙事，照片底片上的东西——黑色的空白或无法弥合的缺口、阴影；还有幻象、晨起时已经淡忘的生动梦境；错过的公共汽车；我们想嫁却没能嫁成的男人；想怀却没能怀上的孩子；向牧师低诉的忏悔或未向他低诉的忏悔。还有那些转瞬即逝的时间和光影，消失得如此迅速，根本无法用语言表达，甚至都无法看见。这些叙事材料无法保留，从我们的记忆和叙事记录中消失得无影无踪。（咔嚓！）

最近，我读了一本名为《露比：一个普通女人》的书，全书由露比·爱丽丝·赛德·汤姆逊的日记摘录组成——这是一个普通得不能再普通的女人，我们连她的名字也没听说过。这些日记是从她的四十二本手写笔记本中选录的，贯穿了从1909年到1969年的六十年。这些笔记本原本绝对不会为人所知，结果在偶然的情况下被她的一个孙女发现了，她将其付印出版。还有多少其他类似的文字，最后被扔进了废纸堆？（咔嚓！）像露比这样的记录可能会改变我们对那个时期女性生活的看法。

我们的故事歪曲了过去，也许没有人想到还有其他可能。关于未来的故事由于某种原因一直为数相对甚少，这些故事带有异国情调，而且经常受到政治因素的影响。那么关于当下的故事呢？它们是否逼真地表现了午夜之光？我们能否信任它们所描绘的现实或对现实的阐释？它们是否能告诉我们人们独处一室时在做什么、想什么？

近些年来，因为政治正确而产生的恐惧影响了我们所有人，限制了我们可以利用的叙事场，甚至限制了我们观察的各种可能性，更不要说有所发展了。毫无疑问，由于政治正确性，生活的众多领域在过去都受到抑制——几乎所有的同性恋社团、女性的大多数性行为、还有天主教徒、新教徒、无信仰者——这些都轮番出现在缺席者的名单上。(咔嚓!)

在我们的故事中还有很多对于当下生活稀奇古怪的扭曲。我来谈一谈家庭生活的一个方面,我们这个社会中的婚姻和离婚问题。看一看当代小说所呈现的另一个世界,我们会发现里面的离婚率远远高于当代百分之五十的婚姻破裂比例。

简·奥斯丁向我们展示了她那个社会对于婚姻的态度,描写了人们如何寻找生活伴侣以及如何保持相敬如宾的婚姻状态。但是,请你想一想,你什么时候读到过描写人们婚姻幸福的当代小说?由于这样或那样的原因,持久的婚姻(统计数据的另外一半百分之五十)在现在的出版物中很少找到位置。对于那些忠于婚姻的幸福佳侣,小说家如何才能把必要的张力强加到他们的生活中去呢?即使是写稳定的婚姻关系,也会让人怀疑里面暗藏了什么不祥的东西,后面的章节里会一一揭示。在很多读者看来,那些性生活幸福、能够讨论和解决分歧并且高度重视彼此忠诚关系的伴侣与写他们的作家一样,头脑简单,缺乏想象。他们就坐在那里,手里摆弄着自己的业余爱好,墙上是稀松平常的墙纸,桌上摆着两杯过滤咖啡,一个人的话还没说完,另一个人就知道对方说什么,时不时地点头赞同。她把他的冬衣送到洗衣店去,担心着他的哮喘病。她衰老的身体在他的眼里仍然充满了风情,他还特别喜欢她焗烤辣椒的方法。这些都非常好,但这种在叙事上毫无建树的人还能有什么辙呢?(咔嚓!)

有人可能会认为小说家们会迎上去接受这个挑战。快速地翻阅六百多页，里面竟然没有一个婚姻破裂，这绝对是个挑战。两个人相遇了，相爱了，把彼此的历史融合在一起。危机出现了，但婚姻坚如磐石。怎么可能？谁能指望读者会相信这样的童话故事？

为什么今天的小说家要聚焦混乱的婚姻，从而歪曲了婚姻的真实状态？关于这个问题，我也只能大叫一声"全是我的错"，因为我的长篇小说和短篇小说也和其他作家一样，充斥着离婚。

但是，我还是想纠正一下这个奇怪的失真现象，希望在我们的叙事中看到更多稳定的婚姻。我很愿意尊重摹仿原则，接受客观存在的百分之五十的成功/失败比例。伴侣关系不应该等同于乏味的关系，特别是以宽容的眼光去看，难道不是吗？如果小说家们能够审视他们自己的人生经历，承认一段长久的关系（两个灵魂的结合、矛盾的化解或别的什么），可以和最惊天动地的离婚事件一样复杂，一样充满变数，一样具有宣泄情绪的功能，这也许会很有趣。

也许需要重新讨论的是冲突这个概念。未来的叙事也许可以开展一个课题，讨论一下为什么摩擦会比和解激起更多的火花，为什么相比于那些让我们走到一起的东西，我们会更关注那些拆散我们的东西。

我们的叙事橱柜绝非空空如也，但它似乎需要补货。我们也许需要回首叙事初现的蛮荒时代，需要展望叙事的充分潜力，人们那种说"很久很久以前"的强烈冲动——发现每一个问题和每一个可能性。

看看加拿大的写作,这里的故事橱柜确实是在不断充实而不是缩减。原来处于边缘地带的声音现在可以听到了,它们有着不一样的节奏和不一样的期望。人们有了更多自由,人们可以说更多的话。

女性的写作已经开始打破僵化的体裁,打破我们之前提到的"小说的四个基本类型",取代了那条我们长久以来不得不接受的令人窒息的叙事弧线,那条情节发展线。对于真实的定义得到了扩展,或者正如作家罗素·霍本所言,塔楼的墙砖开始脱落,让疯狂的想法能有缝可钻。电影能够出色地表达行动叙事,它把很多我们在叙事中最珍视的东西理所当然地留给了书面文字:内心的声音,这个声音可以反映、思考、沟通、记录,可以展示一个原本密闭的房间,用约翰·邓恩[1]的话来说,就是"把一个小小的房间点化成一个大千世界"[2]。

简言之……

- 我们渴望叙事,因为故事可以见证我们在这个世界上的地位。
- 虽然整个世界都可以成为叙事的素材,但有很大一部分都经过叙事的筛除,不见踪影。

---

[1] 约翰·邓恩(John Donne,1572—1631),17世纪英国玄学派诗人、教士,T.S.艾略特对他备加推崇。
[2] 这句话出自约翰·邓恩的诗《早安》(Good Morrow)。

- 我们了解的小说和我们写作的小说有一些特点:
  - 小说中有某种特质接近于我们所认识的世界
  - 小说中和这个世界抗争的人物就像我们自己
  - 小说中的困境让我们想到自己的窘境
  - 小说中的场景触发了我们的记忆或渴望
  - 小说的结论缩短了私人感受和普遍认知之间的距离,让我们可以合上手里的书说一声"原来如此!"

第十三章

在边缘写作

加拿大的文学创作正处于一个蓬勃发展的良好状态。你会问,为什么会这样?为什么是现在?有一些人认为我们所看到的民族身份和文化凝聚力缺失是一个亟待填补的真空,人们渴望去辨认、界定和巩固过去那些曾经没有规律、不可名状的东西,新的文学创作围绕着这种渴望突然涌现。如果这是事实,那么我敢肯定,这是无意识的,因为我无法想象哪个作家会坐在电脑前心里想着:现在我要为确立加拿大身份做贡献了。

有人认为加拿大的文学群体稚嫩松散,缺乏章法,作家便可以相对自由,不受束缚地追求自己的文学道路。你们应该记得罗伯特森·戴维斯[①]曾经说过,加拿大是北美的阁楼,言下之意是,在那个空无一人的黑暗阁楼里,有足够的空间让你大喊大叫。

我有点不情愿地承认,我们还是会以获得国际认可来衡量自己的文学生命力,这也许仍然是一种殖民主义者的心态。我们在国内会关注加拿大作家是否进入布克文学奖入围短名单,关注《纽约时报》年度好书中有没有加拿大作家,例如1996年的书单中就有我们的两位加拿大女作家:梅维斯·迦兰和爱丽

[①] 罗伯特森·戴维斯(Robertson Davies,1913—1995),加拿大最受欢迎的作家之一。

斯·门罗。这两位重要作家能够得到认可让我很高兴，但让我更高兴的是，当时国内对《纽约时报》的这一评选结果表现得相当淡定，这说明人们已经（几乎已经）认为这些成功是理所当然的事了。此外，最近入围加拿大总督文学奖和古勒文学奖的作品中，有不少深刻而且富有新意的小说，我又要说了——这些小说正进军国际市场。

与此同时，在后殖民世界的其他地方也出现了小说浪潮：印度、澳大利亚、新西兰、西印度群岛、非洲。这些孩子长大了，开始创作他们自己的小说，这些小说新鲜富有活力，充满了自信，有时候甚至很大胆。这些地方的人们长久以来都沉默不语，谦卑顺从，不信任他们自己看到的东西。这些新出现的写作，如果你仔细看看时间，其实并不新了——帕特里克·怀特[①]、奈保尔和我们的爱丽丝·门罗——他们都来自也许不被英国广大读者理解的文化，事实上，是来自这个星球奇异的边缘地带，遥远的边缘地带。

我之前已经提到过，短篇小说主要是一种新世界的文学形式。霍腾思·卡利舍[②]称之为"来自边疆的报告"，这个可爱而准确的表达吸引了我的注意力。也许所有文学都是如此：来自边疆的报道，来自边缘的新闻。就算社会的边缘和中心一直处

[①] 帕特里克·怀特（Patrick White，1912—1990），澳大利亚小说家、剧作家，他被认为是20世纪最重要的英文作家之一。1973年获得诺贝尔文学奖，获奖理由是他"以史诗的气魄和心理上深刻的叙事艺术把一片新大陆介绍到世界文学当中"。

[②] 霍腾思·卡利舍（Hortense Calisher，1911—2009），美国作家，曾担任美国艺术文学院院长。

于变化之中，在我看来，来自边缘的观点能够提供特别的视角，这种观点摆脱了愤世嫉俗，甚至摆脱了愤怒。这也是一种真正的或有意选择的纯真，我认为这是每一个作家为了写作必须保持的东西。

碰巧，我在某种意义上正好了解处于边缘的感觉是怎样的。我在温尼伯住了很多年，那是一个大城市，但肯定不是加拿大的文学中心。虽然我出生在美国中部，但中西部人在文化意义上显然处于边缘——只要想想《纽约客》封面上那张著名的以曼哈顿为视角的美国地图就知道了。在某种意义上，同样处于边缘的，还有中产阶级——这是一个有趣的讽刺，处于社会中层的人却不在社会的中心。

不过，边缘这个概念很成问题，因为我们得先问问自己，中心的定义是什么——这个世界上存在很多中心。我们会把其中的一个中心视为西方世界、北美文化或女性传统的核心文学或正典，但我们注意到这个核心在越来越快地削弱，至少是被改变了。在主导文化和边缘文化之间有一条分界线，在早期移民和新近移民之间有一条分界线，在高雅文化和大众文化之间有一条分界线。由于历史原因，一些地理实体或政治实体仍然处于游离、孤立的状态，或者就是被殖民的状态，在这些地方，民族文学难成气候，或者只是发展成包在琥珀里的神圣颗粒，被囚禁在所谓的"民族精神"里。

在芝加哥、多伦多、渥太华、曼彻斯特和温哥华都生活过之后，我开始把自己看成是一个居无定所的人，很自然地我想到这是否会影响我写作的冲动。并没有影响。我很快意识到,作家们,即使是曼尼托巴省的作家们,大部分时间都坐在自己的小房间里,房门紧闭,只要他们脑子里有一个地方可以让他们贴上合理的地域标签,随便在哪里对于他们来说都没有关系。

——《关于我和我的房子》

一位匈牙利朋友告诉我,他在五十年代末离开匈牙利时,民族文学的数量非常少,但同时传播得非常广泛。事实上,任何人,只要受过中学教育,就会熟悉所有的匈牙利散文、戏剧和诗歌。我相信,现在情况肯定不同了。

一方面,我渴望那种强烈的文化浸润,整个传统高度压缩得像一颗宝石。试想一下吧,在街上的某个角落,在汽车上或咖啡馆里,或者在私家的居所,你遇到一些陌生人,然后发现大家都会提到相同的东西,引用相同的话,使用相同的典故,体会到相同的细微感情差异。事实上,大家拥有相同的信念,在这一切之中,每一个具有文化意义的时刻都得以保留、折射和放大。

另一方面,我又会深深厌恶和憎恨这种统一的秩序。如果按照这种严密而完整的文化来界定,我们肯定会受到限制。在摇篮里就已经被灌输民族文学的高度、宽度和深度以及这个文学里的所有表达方式,被灌输有关体裁和性别的所有正统观念、僵化的正典、各种对文学产生影响的交叉网络——了解这一切就意味着承认自己也属于这一死气沉沉的文化。然后,再往前走一步——把文学和民族性紧密地结合在一起,以至于任何变异都令人生疑,都有威胁性,都是少数派或异类或不重要或具有颠覆性或受到谴责,有时候带着敬意,我们称之为"不同的流派",另一些时候我们翻翻白眼——不屑地斥之为"实验文学"。换言之,为了让中心坚不可破,处于边缘的人就必须禁言不语。

我更愿意听到各种不同的声音。这些声音随意自然,不介意别人的看法;这些声音不受约束,不拘一格;这些声音未曾记录也无法记录。各种奇异的并置:生活和文学的并置、时间和空间的并置、读者和作者的并置,这些在我看来都抹去或模糊了民族标签,但同时又出乎意料地突显了这些文本的特征:人物置身于背景之中,背景有助于理解人物。这些并置也让我对民族文学的性质和影响产生怀疑。民族文学有多稳定?谁来规定什么是民族文学?谁又能够获得入场券?

现如今,加拿大人开始认真关注这骚动不安、硝烟弥漫、杂乱无章的多文化局面,事实上,这就是我们的现实。这是一件有风险的事,以至于人们会忍不住压低嗓门地说,这是非-加拿大文学。

这些作品中有很多没有位居正典,现在该是修改或推翻正典的时候了;有些甚至都没有出版。从地理、人口统计、性别、当然还有文学形式的各个角度来看,它们都是真正意义上的来自边缘地带的报告,当然近些年来,边缘地带的范围发生了变化。文学界存在一些奇怪的滞后现象:我们早已经成为一个城市化社会,但我们的文学一直到近几年才注意到这个事实,也许这是因为我们的大部分作家都属于来自乡村、来自边缘地带的一代人。同样,移民作家,比如罗辛顿·米斯垂①,继续写他们的故国,而不是他们已经移民定居的加拿大。在今天的加拿大,要想确定主流和中心非常困难。在我看来,几乎我们所有人都处于边缘,这个边缘包括原住民文学、同性恋文学、移民文学和女性文学。

也许是因为现在的加拿大文学众声喧哗,要想把它和美国文学进行比较实在不容易,但我认为这种比较一直都不容易。有人说加拿大文学反映这个国家的移民模式,更加侧重以社会为中心,而美国文学则强调个体。加拿大文学写的是"我们是谁",而美国文学写的是"我是谁",但要证明这一点实在太难了。也有人说,加拿大文学更忧郁、更节制、更自谦、没有那么野心勃勃,可是,同样的问题,小说和小说各不相同,要想证明上面的说法也非易事。我们能够很确定的是,加拿大文学没有美国文学影响力大,同时也更年轻。我们确实有十九世纪的加拿大小说,但并不多,也没有重要的作品。我们大致可以说,1960年是加拿大文学的真正起点,这样说应该不会冒犯很多人。就在那一年——请允许我告诉你们——有五本加拿大小说在加拿大用英语出版。五本!

如今加拿大文学重心的改变或模糊化也许是对我们在六十年代所经历的那些东西的反作用。那时正逢加拿大建国百年,随

---

① 罗辛顿·米斯垂(Rohinton Mistry, 1952—),生于印度孟买,1975年移民加拿大。他的作品着重描写了印度帕西人的生活、习俗和宗教,曾获加拿大总督文学奖和吉勒文学奖。

后的那些年里人们的爱国主义情绪膨胀，一部分是出自真心，另一部分是由于具有煽动性的宣传，我们都相信要把我们的文学热情用于表达统一的民族身份。我们有了铁路运输，有了航空公司，有了新的国旗和国歌——为什么不能也有自己的文学呢？

很多加拿大人现在想起那个时期都会有些尴尬，但大多数人认为这是一个必经的过程。当时，人们对一些平庸的陈年作品极尽赞美之词——在我看来，弗雷德利克·菲利普·格罗夫①的小说应该属于边缘的边缘了，一大批新小说、诗集和戏剧纷纷面世，并且得到广泛赞誉，只因为它们都包含了"加拿大内容"，这个词现在还是一个流行语，而且还会继续流行。就因为我们需要一种可以用来谈论新加拿大文学的文学批评语言，各种理论草草而就，并且很快广而用之。这些东拼西凑的理论成为阻碍发展的暴君。例如那个守备心理②，可怜的诺思洛普·弗莱只提到过一次而且只是顺带提及，结果却被人人奉为真理，直到修正主义者开始注意到我们十九世纪的作家是如何真正描写自然和社会时才最终推翻了这一理论。

也许，在一个后殖民国家，这些都不足为奇。在这里，作家们早已经相信生活发生在别处，特别是真正的生活。苏珊

---

① 弗雷德利克·菲利普·格罗夫（Frederick Philip Grove，1879—1948），加拿大英语小说家，生于瑞典，后移居加拿大。《沼泽区的开拓者》（1925）被认为是加拿大的第一部现实主义小说。
② 守备心理（garrison mentality）是加拿大文学和加拿大电影中的常见主题。在体现守备心理的作品中，人物总是会建起象征性的堡垒来对抗外面的世界。该术语由文学评论家诺思洛普·弗莱提出，玛格丽特·阿特伍德在《生存：加拿大文学主题指南》中对此做了进一步探讨。

娜·穆迪那些阴郁的小说以英国为背景,而且是那个早已消失的英国。休·麦克伦南①为了让美国出版商对他以加拿大为背景的小说感兴趣,竭尽全力,几近绝望。就在不太遥远的二十世纪三十年代和四十年代,莫利·卡拉汉②的一部分小说是以双版本形式出版的:那些针对加拿大市场的书以多伦多为背景,那些针对边境以南市场的书以芝加哥为背景。加布利埃勒·罗伊③在她的自传中写道,作为曼尼托巴省的一位年轻法语作家,她感受到了那种被她称为"苹果里的虫"的感觉,她处于双重的边缘,不属于任何一个地方。直到今天,这个国家的书店还是分为两个区域,一个是"文学",另一个是"加拿大"④——通常是很小的一个书架,我们的小说就和那些关于如何在激流里划独木舟的书并排放在一起。我们还能说什么呢?

如果一个国家的某些文学作品具有普世精神,即使是那些以前没有读过、以后也不会去读的人也能理解这种精神,那么这个国家真的堪称幸运。出现在我脑海里的是美国的《哈克贝里·芬历险记》,还有英国的《大卫·科波菲尔》,它们就像

---

① 休·麦克伦南(Hugh MacLennan, 1907—1990),加拿大小说家,曾5次获总督文学奖。他主要写加拿大主题,被认为是第一个确立加拿大文学身份的作家。
② 莫利·卡拉汉(Morley Callaghan, 1903—1990),加拿大现实主义小说家,因在加拿大英语文学中首次描写城市中的小人物以及生活中失败者的形象,并展现蒙特利尔的面貌而闻名。
③ 加布利埃勒·罗伊(Gabrielle Roy, 1909—1983),加拿大著名的法语作家。
④ 加拿大学(Canadiana),一种书籍类型,包括加拿大文学、和加拿大有关的书、加拿大的非虚构作品等。

一把相似的文化钥匙，用这把钥匙你就可以直接进入现成的文化。我们在加拿大也许还没有这种共有的文化形象，不过玛格丽特·劳伦斯的小说《石头天使》中的黑格·希普利（Hagar Shipley）已经算是一大进步。

玛格丽特·劳伦斯对加拿大作家说，如果你能让人们对这个奇怪国度的某个地方有一些了解，那么你就有责任去做。她这么说其实是道出了那句著名的悖论：彻底的地方主义经常会产生普世的反应。人们可以通过共同的文学牢固地联系在一起，并从中汲取营养，但前提是这个文学必须是在自然状态下发展的，没有受到政治家和摇旗呐喊者的驱使，也没有学者为其划定框架。

1957年，我和当时还很年轻的丈夫跨过国界，我们所有的家当都装在一辆六缸发动机的福特汽车里，包括一块烫衣板。那一年加拿大艺术委员会成立。决定成立这个委员会的是一些有识之士，他们得到了议会的许可，并且获得了大量及时的私人捐赠。就这样，加拿大这个处于边缘的国家终于可以拥有自己的文化了。

当时我们只有屈指可数的几个小说家。事实上，我们的文学可能比匈牙利文化的体量要小得多，公众听到的可能也就那几个名字——李科克[①]、卡拉汉。那时，皮埃尔·伯顿[②] 刚刚开

[①] 斯蒂芬·巴特勒·李科克（Stephen Butler Leacock，1869—1944），著名的加拿大幽默作家，也是加拿大第一位享有世界声誉的作家。在美国，他被认为是继马克·吐温之后最受人欢迎的幽默作家。
[②] 皮埃尔·伯顿（Pierre Berton，1920—2004），加拿大著名历史学家及作家。

始他的职业生涯，朱丽叶①还在收音机里唱歌，"快乐帮"②每天在《农场报告》节目后在演播室里现场表演。

1957年后，也许是因为加拿大艺术委员会的大力推动，或者就是因为时机到了，地方剧院和交响乐团在全国各地都开始活跃起来。美术馆展出加拿大艺术家的作品，舞台上表演的是加拿大剧作家写的戏剧，这在以前几乎从未出现过。从纽芬兰到温哥华岛，图书管理员们都开始在加拿大作家作品的书脊上贴上小小的红枫叶。不过，我得说，即使是到现在，一些作家仍不确定他们到底喜不喜欢被这样区别对待。我无法想象美国人会在他们的书上贴星条旗。

我读第一本加拿大小说已是六十年代中期了，那是玛丽安·恩格尔的③《霍尼曼节》。当然，我也看到莱昂纳德·科恩④和欧文·莱顿⑤在电视上的表演，所以我知道当时有一些文学活动。我读的第二本小说是玛格丽特·劳伦斯的《石头天使》。一年之后，我报名攻读渥太华大学加拿大文学的硕士学位，开始对加拿大先驱作家苏珊娜·穆迪进行初步研究。

---

① 朱丽叶·卡瓦兹（Juliette Cavazzi，1927—2017），加拿大著名歌手和综艺节目主持人。
② "快乐帮"（The Happy Gang），加拿大著名的音乐表演团体，以《快乐帮》为名的电视综艺节目是加拿大广播公司从1937年到1959年持续了22年的热门节目。
③ 玛丽安·恩格尔（Marian Engel，1933—1985），加拿大小说家，最著名、也是最有争议的小说是《熊》，该小说曾获加拿大总督文学奖。《霍尼曼节》（*Honeyman Festival*）出版于1970年，暂无中译本。
④ 莱昂纳德·诺曼·科恩（Leonard Norman Cohen，1934—2016），加拿大歌手、词曲作者、小说家、诗人。
⑤ 欧文·莱顿（Irving Layton，1912—2006），出生在罗马尼亚的加拿大诗人。

玛丽安·恩格尔和玛格丽特·劳伦斯在写她们的精彩作品时都还是年轻的母亲，她们的写作获得了加拿大艺术委员会的资助，这使得她们可以"买"时间。我绝对不认为我们可以用通过向作家砸钱的方式来培养他们，但加拿大艺术委员会从一开始就营造了尊重艺术和艺术家的氛围。作家们可以得到直接和间接的培养，他们获得经济支持，他们可以自由地创作源于加拿大人生活的小说。这是一场赌博，需要时间——不过，令人惊讶的是，我们只花了很短的时间，我们今天取得的成绩——我们自己的文学，要归功于加拿大艺术委员会以及各省的艺术委员会，还要归功于加拿大"处于边缘"的位置。

简言之……
- 加拿大作家应该致力于发出随意自然、不受约束、不拘一格的声音，这些声音未曾记录也无法记录。
- 你可以模糊民族标签，但同时又凸显这些文本的特征；彻底的地方主义经常会产生普世的反应。

第十四章
自始至终大胆表达

坚持日常记录会大有收获。你看到的事情、故事的开头、引起你注意的东西,这些都要分开记录。利用日志来学习怎么写句子,在日志中练习。

学会辨认陈词滥调。不要使用陈词滥调或陈腐的观点,比如"精神病院里的所有人都神志清楚,我们才是精神失常的人"。

确立一个结构。坐下来,写上一段时间。要有一个可以坐下来的去处。

习惯性的程序很有用。写作和进入虚构世界都需要一定的时间才能进入状态。

每天写两页。写完两页,出去散个步,想一想你今天写的部分,再想一想明天可以怎么水到渠成地继续写下去。

读一读你前一天写的文字,然后进入另一个现实。

读一页字典，定定心。

不要把自己写到文思枯竭的地步；写不下去了就赶紧停下来。留一些东西到第二天去让自己满血复活。

结构来自内容，而不是相反。

关于人物和情节发展，不要刻意去设计，让它们自然地发展，这样它们才可以有足够的生命力。相信自己的初稿，让它变得更加充实。

故事是某种让另外一个人感动的东西。就这么简单。

一首诗里总有那么一句会让你读懂整首诗。诗歌就应该像照相机的闪光灯，发出耀眼的光。

诗歌中使用韵律的灵感来自祷告和咒语，来自叮叮当当的钟声和噼里啪啦的掌声。

诗歌帮助人们表达他们曾经有过却无法明确表达的体验。

对于加里·格迪斯[1]而言，诗歌是他头脑里随时都存在的小

---

[1] 加里·格迪斯（Gary Geddes, 1940—），加拿大著名诗人。

玩具。

写诗的时候，不要去评论你塑造的形象。

用同义词词典。

写完后问一下自己："这是我真正想要表达的意思吗？"

每个作家都会为如何把心里所想的东西写到纸上而困扰。

怎样让你塑造的形象继续发展：问问你自己，这样安排最糟糕的结果会是什么？让电话响（戏剧）。设计几个障碍，一连串的障碍，从而激发全新的叙事观念。

有些叙事的进展速度非常缓慢。就让它们保持自己的速度吧。

怎么才能找到写作的重要思路：1.把你的想法写下来，好的想法确实会转瞬即逝。2.我是谁——自我发现。3.我们身边总会有一些叙事的碎片可供我们利用。

对你自己的素材要有信心，那些东西是你真正感兴趣的。你所感受到的激情让这一切无比有趣。

我不知道这本书会写成什么样。眼下它还只是一个抽象的概念,就像是冰冷的草地上番红花圆圆的花瓣突然从地底下冒出来。我胡思乱想地产生了这个念头,但想要把它写出来的冲动再也挥之不去。这本书会写迷失的孩子,会写仁慈,会写孩子回归家庭,幸福地生活,正确看待印刷物的不良影响。我急切地想知道这个故事最后会怎么样。

——《除非》

爱丽丝·门罗信手拈来一个简单的叙事结构,然后让它充实丰满。向她学习,读她的书就好比上了一门创意写作课。

语言是最有趣的东西,创造词汇,让它自由地表达。让语言喷涌而出。

任由自己疯狂。

利用任何你知道的东西。爱丽丝·门罗专门雇了一个人为她做研究。

大家都说第一个句子最重要,但事实是,最重要的是第二个句子。

从一个地方到另一个地方并不容易,所以不要用"与此同时"。

去掉"恰好"、"非常"和"不知何故"这些毫无意义的词。把"突然之间"和"突然有一天"去掉，或者就换上"然后"或"不过"。

你不需要把人物的每一个步骤都写出来。一句"一小时后"就可以解决问题了。

写作时要保留可以灵活机动的余地，不要让自己陷入一筹莫展的困境。

要写前后都可以扩展的长句子，然后间以短句。完成一个段落后，检查一下每一个句子的开头，看看它们是否雷同。

不要因为担心伤害别人就不敢写自传体作品。你可以先准确地写发生在某个人身上的任何事，然后再乔装打扮。任何一个作品在完成后都可以更换其中的零件。有人问罗伯特森·戴维斯为什么写到六十多岁还有那么多东西可写，他回答说"因为有些人死了"。

这么多生命，怎么才能赋予他们各自不同的表现形式？答案是：所有的东西，所有的生命，都在发展变化。

你会发现，作品中你原本以为纯属私人经历的东西其实也发生在真实的生活中，这就是文学。在这个世界上，我们并非独自一人。

爱丽丝·门罗经常改变时态，一会儿用现在时，一会儿用过去时，来回更替，这让她可以充分利用过去和现在这两个世界。如果你想要获得即时感，那就用现在时。在玛格丽特·劳伦斯的《占卜者》中，各个章节的时态变化有一定规律。

关于说话人声音的挪用：你可以写任何你选择的东西。我们需要走出自己熟知的小世界。我们可以写别人的经历，只要不歪曲事实，表示足够的尊重，就不会有问题。

不要过于相信冲突在故事里的作用。这就像一个 V 字，你把它倒过来想让它更醒目，结果反而失真了。新一代的读者看重文字表达和人物塑造。爱丽丝·门罗更感兴趣的是谋杀的冲动，而不是谁是凶手。你应该了解这些人物的生活，了解他们在故事之外做些什么。

小说家 E.M. 福斯特承认，在任何叙事中，都会有一些人物可以变得丰满，而有些人物则是扁平不变的，这是我们需要接受的常规。

故事的结局完全可能是呈螺旋状发展的。

虽然大多数好的作品都是独立完成的（不需要为了写好小说去上太多的课），考虑一下合作写作，在一个群体里写作，而不是孤身一人。合作的方式特别适合戏剧。和某个与你不同的人一起工作，但你们对工作计划和工作量要有相同的看法。

我们的一个合作者是经济——例如，戏剧的完成需要钱，演员的酬劳，舞台的设计都需要钱。

把陈词滥调用作令人安慰的低语——可以安慰作品中的人物。

删除句子很难。

自始至终大胆表达——抓住读者的心。

人们都喜欢看人物的对话。这可以表明人与人之间的关系，还可以提供关于年龄、阶级、性别和工作的信息，却不需要明说。对话让你的写作有语调，并使它保持透明。大声地朗读你写的对话，确保它们听上去很自然。

可以使用很多缩略的拼写形式，不要害怕用"说"。你可以用"他说"或"她说"来写一段某个说话者的话。把"她说"放在长对话的中间，不要放在最后。

要学习讲故事的基本技巧，最好的方法是通过看童话和《旧约》。那些故事告诉你写故事可以很自由——让自己投入其中。

"我看得见画面。"必须如此，否则文本就没有生命。

为说话人找到一个合适的声音需要经过很多次失败的尝试，找到了之后还需要时间适应。如果你足够幸运，随着时间的推移一切都会水到渠成。一旦找到了那个声音，就不要放弃。

写作在走电影的路子——快切。分段可以让你轻松地写下去，这是一种很好的工具。梅维斯·迦兰经常写只有一句话的段落。

慎用梦境——他们只对爱做梦的人有吸引力。

如果你使用倒叙，那就不能只有一个倒叙，每一个倒叙都要有差不多的长度，安排上还一定要有某种规律。

描写是在合适的地方出现的合适细节。不要有太多细节，要考虑到读者的耐心。

风格是你所做选择的总和。你完全可以解释你为什么改变风格，但改变风格是需要过渡的。

剧作家必须把观众带入到魔力之网中。

戏剧必须有一根"脊梁"——这是剧作家使用的术语。我认为,观众需要看到鲜活的人物形象,而不仅仅是一个主题。一周里看了三场戏之后我就意识到了这一点,那三场戏里只有一场戏没有散架。不过,说来也奇怪,即使是看糟糕的戏剧,对于在写戏的人来说也是很有帮助的。你可以看到各种可能性。

在短小的明信片故事里(长度适合明信片的故事),把重点放在小细节和微型场景上,这会产生意想不到的效果。"瞬间小说"(sudden fiction)就像明信片故事。

如果你使用现成的文化参考资料,你得知道,你肯定会漏掉一些人。

书信摘录

卡罗尔与几百个朋友、读者、同事和其他人保持着通信往来。她和作家布兰奇·霍华德的很多通信已经收在加拿大维京出版公司2007年出版的《友谊回忆录：卡罗尔·希尔兹和布兰奇·霍华德通信集》中，该书由布兰奇和她的女儿艾莉森·霍华德编辑。这本书中的第一封信是卡罗尔从法国圣凯波特里约市写给布兰奇的，当时我们一家人在那里休学术假。那时，卡罗尔已经出版了两本诗集，但还没有出版过小说。这封信里提出的问题是那些处女作被出版社接受后想了解更多有关合同、版权、预付款之类信息的作家常问的。

1975年8月6日

圣凯波特里约市

亲爱的布兰奇：

我写信给你是想听听你的建议。我写了很久的小说终于完工了，（在被拒了三次之后）现在找到了一个出版社。昨天收到了合同，虽然一切看上去都很好，但是我们对这些事情一点不了解。唐很开心地想到要写信给你，听听你的意见——这让我很高兴，因为我本来就想写信给你。我知道你不是律师，但你在这方面很有经验，可能会有些想法，我非常想知道你的意见。

布兰奇回信了，给了她很合理的建议——合同是标准的，"应该没问题"。从那以后，她们开始了几十年的通信，涉及更加深刻广泛的话题：写作、生活的意义、阅读、政治、家庭、自我。

在后来的几年中，我的母亲写信给多伦多汉博学院写作班的学生以及其他很多人，给了他们很多建议，这其中也包括我，当时我刚开始写专栏文章和短篇故事。她积极支持我把写作当作职业，在1987年5月27日（我正准备出发到英国和意大利生活一年）的一封信里，她写道："能够拥有这样一份在哪里都能做的职业，我真的是太幸运了，我一直想知道别人是怎么工作和生活的。"

我们合作了一篇短篇小说，收在我母亲1985年出版的短篇小说集《奇迹种种》，题目叫《树林》。同年十月她写信给我，建议"再合作一篇，你觉得这句开头怎么样？'我的伦巴舞老师一直在向我求婚，这真是太荒唐了，因为我已经结婚了。'"。遗憾的是，我似乎没有接受这个邀请——我遇到了那个不久之后成为我丈夫的人，也许我当时忙于恋爱，无心写作。

我和尼古拉斯从档案馆里找到的她写给写作班学生的信中选择了下面这些信，这些学生大多数是她在汉博学院的学生——卡罗尔每次寄出信之前会打印出来保留备份（我们去掉了通信人的信息）。她在信中讨论的问题都是常见的问题，甚至是普遍问题，所以她的建议适用于任何正在写作或准备写作的人。她的"充实内容"的想法经常出现在信里，她鼓励通信者"充实内容，多解释，多描写，放慢速度，让文字呼吸。偶尔可以深入一点，突然有点变化，让读者大吃一惊"。

1995 年 1 月 11 日
卡罗尔写给 AG 的信

你能给我一份项目计划吗？你是准备专攻短篇小说还是更想写长篇小说？我完全能理解作品的篇幅可能会令人发愁，但长篇小说是由小的场景构成的，就像短篇小说一样。我认为问题在于密度。我觉得，你还应该问问自己想读什么，长篇小说还是短篇小说？（我一直认为应该写自己想读的书。）

1995 年 1 月 31 日
卡罗尔写给 KA 的信

你说你储备了很多用于开头的句子。你是说你特别强调这些句子的重要性吗？阿特伍德说她的诗歌常常围绕一句话展开，那个句子可以出现在诗歌的任何一个地方。如果你看她的作品，你经常会发现这个句子，这个句子的词序引人注目，凝练的表达让人顿悟，给人启迪。

在［你的诗歌里］，为什么不用你在信里提到的描写，眼泪像导弹一样飞出去。这比你诗里写的眼泪慢慢地流要有力得多。

我不太担心标点符号的用法。但你还是要知道 its 表示所属，it's 等于 it is。诗句要分行，空白［在诗歌里］的作用相当于标点符号在散文中的作用,这一点你说得很对。句号和逗号在诗歌里显得杂乱(这是我的观点,别人不一定这么认为)。我也不太操心语法,写好后可以完善。但有一点很重要,避免"诗意的"词语、华丽的词语、过时的词语和任何感觉不新鲜的想法。

如果你在写一首诗时出现了新的想法怎么办?情况当然会不一样,但如果加进去,也许会更加丰富。诗歌不一定非要是线性的。偏离除了会产生干扰也会很有启发,它们能够带来一种随意感以及感觉更接近事实的特质。

你说你的作品值得别人点头称赞或会心一笑,你难道不希望得到更多吗?难道你不希望你的读者说:"啊哈,我也有一模一样的感觉,可是我从来没有明确表达出来。"

我记得,知道西尔维娅·普拉斯写诗时使用同义词词典时,我非常惊讶,我觉得这也太没有诗意了。可是她非常善于找到准确的词语,一个不一样的词,一个充满暗含义的词。

1995 年 2 月 6 日
卡罗尔·希尔兹写给 CZ 的信

你问我有没有什么问题是刚开始写作的人共有的,那我就来讲一讲一个大问题。除了陈词滥调或视角问题,最普遍的问题是在作品中使用太多没有充分展开的场景。

我很喜欢你的简练,但感觉这些场景需要更长一点。

它们需要搭建、装备、获得某种"氛围",然后才能得到信任。只要这个场景还能产生对你有用的东西,你就可以停留在里面,然后通过对话、描写、趣闻来扩展场景,特别是可以向我们展示人物的头脑,他们的思想、反思和反应。这会让你的作品变得厚实,不过你仍然可以保持你的干脆利落。以船上那一幕为例。我们需要更多地了解观光游船上的氛围,各种气味,每天的日程。你谈到了艺术课,游船上还提供其他什么课?你写了晚餐的场景,但其他场景太少。游船上还有谁?天气怎么样?到底是在哪里?我建议你把这一章的篇幅加长一倍,修改好这一部分后再继续写。我对姐姐这个形象也没有太多感觉,除了知道她很漂亮。她整天在船上做些什么?谁为这次出游买单?她给人感觉过于友好。我猜她是个寡妇——我们还需要知道更多的东西吗?

在第二章,我对时间和地点一直不确定。他们的房子在哪里?是什么样的小区?他们有多"舒服"?她想着要离开他,这让我觉得有点奇怪,因为我不知道她是否只是觉得无聊或厌倦或因为发生了别的什么事。孩子们感觉不在那里。我觉得我不太能理解这种家庭氛围,如果你能增加一些细节,告诉我更多的东西,我想我就能理解了。

我不会为我的小说设计情节。我有感觉知道自己会去哪里,但我不知道怎么去,不过,我会给自己一个结构。我把这个结构想象成一个个会装满东西的盒子(章节)。我总是知道我会写多少章,会是什么时间段。不过也就仅仅如此。

1995年2月6日
卡罗尔写给 KA 的信

在我看来，诗歌应该简练、含蓄、富有暗含义，不能追求内容的"准确"。

我还想就你在信里提到的几个问题谈一谈。你说你阅读是为了知道"为什么我的生活和别人的不一样"。我觉得这是一个非常深刻的主题，你也许可以写一写。我觉得我们每个人都是如此，但你能明确地表达出来，这有点夜半真言的感觉。在这一点上，我并不担心自己有自白的嫌疑。在某种意义上，所有的写作都是一种自白。诀窍是，你可以写个人的东西，但不要写涉及隐私的东西。

你说"文字几乎是从我的潜意识里产生的"。我的感觉是，这可能是个问题。诗歌，即使是自由体的诗歌，也是需要塑造形式的，在诗歌的某个地方应该有一两句诗可以表明诗人的深思熟虑。我们要塑造一个想法，而不是随便抛出一个想法。诗歌要表达自然，也就是说，要使用我们说话的语言，但这种语言很少在我们说话或思考时出现。

1995年2月19日
卡罗尔写给 KV 的信

我读了一遍就赶紧寄还给你，因为加拿大和东京之间的邮递速度非常慢，我肯定是加拿大这边延误了。

首先，我要谢谢你温暖的赞美之辞。其二，我觉得你的一些材料精彩而罕见，具有异国情调，这些会帮助你得到出版社和读者的认可。我希望你能充分利用这些"特别的"材料，做些解释和评论，不要忽视它的陌生感。

你的核心问题——西方人能充分理解东方式思维吗？这是个有趣且引人关注的问题，如果你能马上提出来也许会很有用（如果你觉得突兀，以后还可以去掉）。你也许需要在每一章里都找到一种不同的方式来提出这个问题，这可以帮助你明确思路，让读者知道你的方向。

你在第十一页背面写的问题说明你已经领会了最令人担心的问题。如果说你还有什么问题，那就是行文的节奏。没错，你在第一章写的东西太多了。火灾，还有她失去工作，这些都发展得太快了，或许她和 S 的分手也太快。你可以让她多一些反思，对自己的激情多一点幽默感，对自己的前途多一些迷茫。

1995 年 3 月 10 日
卡罗尔写给 KA 的信

我刚刚又读了一遍你的信，我想回答几个问题。"塑造想法"和"抛出想法"的区别——你的诗第五段，最后四行：我觉得它们是经过塑形的，既有语言的自然性，又有你对文字的操纵。它们经过塑形之后跃然纸上,比如"低垂"(falls)这个词和"陵墓"(mausoleum)很协调,再比如"重量"(weight)和"沉重地"(heavily)无论是在逻辑上还是声音上都有联系。

你说,你这一代人习惯于希望得到快速的回应,我对这一点很感兴趣。我觉得这正是散文和诗歌之间的区别:诗歌必须像闪光灯那样去发光。不,我觉得你不需要教育你的读者,但你得让那道光闪现,你说得没错,奇怪的语言有时候会成为障碍。能让诗歌发光的是一个词奇妙地和另一个搭配在一起,而不是那种怪癖的语言。

还有,我认为精炼不一定总能达到效果。"穿过后面的门,夏天飞了进来"作为开头的句子,极富意味,让我想到了惠特曼的《丁香花》。

你信里提到的两点也许可以在你以后的诗里表达出来:你觉得自己已经很久无话可说了,你能不能写写这个?还有你是怎么发现自己其实是有话想说的。第二点,你说你觉得自己应该"友善一点"——我劝你不要担心自己写的东西是否友善,你也许可以写一写自己努力要想表现友善的那种挣扎。(哦,天哪,我可没少挣扎。)

1995 年 4 月 2 日
卡罗尔写给 KV 的信

很高兴收到你的信,很高兴知道在上次的信后你又有了新的进展。

首先，我觉得现在这样写非常好。看到 E 经常想到美国以及她所离开的一切，实在很有意思。如果是我，我也许会每隔两三页就让她回忆一下。你会不会觉得这太不自然了？

我标出了一些建议。"明确代词"是指现在的代词不够明确。我知道你说什么，但觉得你应该重新组织一下句子，这样就不会有一点点的歧义。

你会看到我标出了一些不够自然的句子——从语法上来说它们没问题，但会让我"卡壳"。

我建议你在写人物的讲话时，可以多插入几次是谁在说话，这样对于读者来说可以轻松一点，能够清楚地知道谁在说话，说话语气怎么样。

这些都是小问题。我的重点是，你能不能考虑改变 W 的话语模式。我知道你在做什么，我真的知道——你想让他的讲话有一种特殊的味道，但有时候这会产生洋泾浜英语的效果，无意之中让人感觉很滑稽。你也许需要问问自己：我希望读者怎么看这个人？他很有智慧，我想你也希望让他看上去很有智慧。如果你让他说正式而且正确的英语，而不是这种蹩脚的英语，你现在这样也许是歪曲了语言事实，你应该使用某种读者能够理解并且普遍接受的常规方式。我觉得这篇小说里考虑到这一点非常重要。请告诉我，你是怎么想的，也许是我完全理解错了。

我期待能读到更多内容。你对雪莉和新时代运动①的评论很有意思。这些差别在这里没有得到理解——没有得到普遍理解。

我写的"真的吗?"是对你写的话的反应,意思是:这是事实吗?我想你是希望它被看作事实。对吗?

里面的信非常好。

节奏也很好。你已经放慢节奏了,很好。

祝一切顺意!

1995 年 4 月 17 日
卡罗尔写给 AG 的信

我做了一些修改,希望你不会介意,有几个地方你已经写得很清楚,但又忍不住去评论一番,我觉得没有必要。如果你能忍住不要去解释,你的文字会更加干脆利落,我觉得你的大部分材料都不需要解释。

每个人的写作方式都不一样,不过我认为你绝对应该继续做你现在做的事——描写短小的场景,先不要担心它们怎么整合到一起来。你写好几个之后就寄给我——最好是用信件,不要用传真机,因为我们这里唯一的传真机要服务整个文学院的人,而且管理传真机的那个家伙对人很不友好。

---

① 新时代运动,指 1970 年代西方国家出现的促进人类意识转变、心灵回归和飞跃的一种运动。

你的场景写得很好，但有些场景在时间和地点设计上还需要多花功夫，每一个再加一两个提示。我希望能够早一点看出来"辣椒"是一个女人。

你写了很多场景后，也许会希望能够写得更加深入一点，你不需要改变节奏就可以做到——比如，让我们知道 S 不仅没有约会对象，而且非常非常孤独……

1995 年 6 月 18 日
卡罗尔写给 ML 的信

大部分问题都是我之前已经提到过的：重复的单词和词组。有时候我觉得这是偶然的，有时候我觉得你是有意为之，为了形成一个高潮。

我觉得这可以被视为文体特征，但也可能让读者厌烦甚至恼火。我标注了几个地方，建议你把这些句子重写，这样你可以用别的方式达到想要的效果。

另外，我觉得你的分号和逗号用得太多。我的建议是，每次你发现自己要用到它们的时候，你就停下来，看看能不能重新组织一下句子，这样的话你就不需要用标点了。（多年前艾德华·卡森给过我这个建议，我很感谢他。）偶尔用一下也许会很有效。

有些段落需要紧凑一点，这样才能吸引读者的注意力，我大部分地方已经标出了。主要问题是，细节太多，准确是准确了，却牺牲了节奏和趣味。

1995 年 8 月 14 日
卡罗尔写给 IL 的信

你的信里有很多问题和评论,就像一篇关于写作的论文,我非常喜欢。我觉得我自己的写作偏向直觉,对我笔下的人物并不是什么都知道,很多时候连我的短篇故事甚至长篇小说到底写什么也不清楚。但另一方面,我不相信故事是水到渠成自己形成的,我也不相信笔下的人物会"控制作家"。(每次人们谈论这些话题的时候,我认为他们实际上是在说发挥想象力。这周有人写信问我,《石头日记》里的玛利亚后来怎么样了,我得坦白,我自己也不确定。)人们常说,写你知道的东西,可是你又怎么知道你知道什么呢?

我希望你忘记自己是一个浸礼会牧师的孙女,不过我很怀疑你能否做到,而且会担心这要付出很大的代价。我坚信我的卫理公会主日学校——那么多年!——会永远伴随着我,即使我已经不再有正式的信仰。我在很大程度上赞赏含蓄的表达,认为这是作家的一种策略,或者如才华横溢的艾米莉·狄金森所言,是防止盲目失控的一种办法("全说真话,却要说得迂回婉转")。这和你用的词差不多:拐弯抹角。我尝试着一方面抗拒某种形式,另一方面又停留在里面,给自己制造一种能够控制的张力。(不知道你能不能明白我的意思?)我喜欢"乐于见证"的主张,但我认为我们也许是用每一个词,或每一幕戏剧来"见证"。

在爱丽丝·门罗的故事里,故事快要结尾的时候常会有一个句子,但从来不会或很少出现在结尾的地方。在这个句子里,她会告诉读者,非常直接地告诉读者这个故事讲的是什么。我在你的故事里找这样的句子。我意识到,你可能把你在信里明确说的一句话藏在了故事里,你说婚外情和家暴是同时发生的,而不是因果关系。你能想想怎么在故事里表达出来吗?

1995 年 8 月 16 日
卡罗尔写给 QE 的信

有趣的故事。我有几个建议,更为重要的是你要试着把这个故事放到过去时里——我认为这样会让你感觉叙事更加丰富。你也许会发现你的句子会变得更长更深刻,我认为只有这样,故事才能获得能让人产生共鸣的东西。

我喜欢第一人称,我认为,如果你愿意,第一人称能让你表达出你对政治正确性的忧虑。你完全可以说你在信里对我说的话,释放你的感情、你的反思。这样做会让你的故事更加丰富。我们要相信那个第一人称声音的智慧。事实上,现在这个声音有点太轻松随便了。

1995 年 8 月 21 日
卡罗尔写给 IU 的信

　　过了一个长长的夏天，你好呀！希望你度过了快乐的慵懒时光，没有受到美国热浪的太多影响。

　　我寄回的是五十页已经编辑好的部分，剩下的那部分争取一两周内完成寄还给你。

　　我有点担心你这篇小说会"杂乱无序"，要把这么多部分糅合到一起非常困难。我喜欢那个关于"苹果"的素材，但感觉它有点像另外一篇小说。太具体了，而且时间推移得太远。我不想给你泼冷水，你确实也告诉过我你的整个计划，但我觉得你选择了一个很难控制的多角度叙事。不过，你可以等到整篇小说大致完成后，重新回过头去补充一些必要的联系和转折，这样的话，整篇小说就能更好地体现你宏大的构思。

　　我希望你多花点功夫在句子层面，最好的办法就是大声地把你写好的句子读出来，一遍，两遍，甚至更多遍。相信你的耳朵。有些段落的句子短小而且不连贯，你可以把它们整合到一起，赋予它们节奏感和连贯性。有些句子没有动词（我标出了一些，但不是全部）。我知道你是想表达内心思想未完成的结构，但有些句子的拗口实在没有必要，有不少部分都让我"卡壳"。同样的，我觉得你可以把这部分读出来，我是说真的发出声音地读出来，而不是默读。还有，要注意一些机械性的问题：拼写、标点符号和指代不明的代词。

我很喜欢 L 对自己日渐衰老的身体的看法，她对生活的重新安排，为什么她是现在这个样子。这些内容都很有意思。K 这个形象有点模糊，也许在后面一部分里她会更加清晰。

祝一切都好！请告诉我你的想法。

1995 年 8 月 22 日
卡罗尔写给 IB 的信

是的，我觉得现在的标题好多了。我确实会把每个章节分别存在电脑里（不过我只有最近完成的那本书是在电脑上写的）。我还有一个文档是所有章节的标题。在这方面我有个怪癖，我很早就能决定自己要写多少章以及它们大致的长度，我把它们想象成一个个小盒子，我要把这些盒子填满（或者想象成衣架上的挂钩），虽然我也不知道盒子里要装什么（或衣架上要挂什么）。我会给章节命名，通常都是关于时间线的名字：出生、童年等等。我的第一部小说《小型典礼》是用一个学年中的月份作为标题。我觉得有标题会让你更有计划，虽然你以后可能会不想要这些标题。

1995 年 8 月 26 日
卡罗尔写给 IU 的信

今天再寄给你一部分。我的大多数建议都写在文稿中了,有很多是我上次已经提出的。你用了很多破折号,我觉得如果你能不用的话,一定能找到其他方式让句子更加有趣多样。我认为你的句子是你应该集中精力花工夫的。有些关于自然世界的细节很可爱,也很准确,你也许可以对人物的内心世界也进行如此细致的描写。

如果你大声朗读你的作品,你就能找到感觉,知道什么时候需要有名字或代词,或者在对话里,你会知道什么时候需要用名字来称呼。

我建议你再考虑一下第二十三章。这些信息可以压缩后插入另外一章吗?你不需要在每一章里都写出每个人物的背景、父母、求婚,等等,我担心你离故事的主线离得太远了。请告诉我你的想法。

下周我会再寄一些看好的稿子给你。

祝一切都好!

1995 年 8 月 27 日
卡罗尔写给 AG 的信

我发现你的作品总是非常有趣,很活泼,充满了社会评论。我还只是看了一部分,还不知道故事怎么发展。我的大多数建议都是有关机械性问题。有些地方我写了"代词指代不明",我建议你重新组织整个句子,换个说法避免某些词,特别是"刚刚"(just),根本不需要。作家们经常谈起一个叫"不知何故综合征"的现象。使用"不知何故"

（somehow）通常意味着你还没有想清楚。我还标出了一些有关时态和句式结构重复的问题。我一直相信写作的成败就在句子层面。我建议你朗读自己的作品，真正地读出声来，而不只是默读。你会很快听出来哪些句子结构重复了，也会发现有些地方的语言可以更加新鲜，更有创意。

我要提醒你不要把人物"定型"，要让他们有些变化，让他们有掩饰、自我怀疑和反思的瞬间。不要害怕写得太多，你以后可以再删掉。

1995 年 8 月 28 日
卡罗尔写给 ML 的信

我标出了一些问题，重复用词，偶尔有些拗口的地方，特别是有些地方的细节有点过分准确。我喜欢细节，特别是和感官经验有关的细节，但有些地方的细节似乎毫无意义。你应该明白我的意思吧，我想应该会。

1995 年 9 月 19 日
卡罗尔写给 AG 的信

我在寄还给你的文稿上匆匆写了一些评注，大多数可以分为以下几类：

1. 改变句型结构。我标出了一些，你自己再找出其他的。首先你可以把一些短句并在一起，让它们在更高层面符合语法——通过这种办法，你会发现一些更加有趣的新结构。你也可以特意尝试在句子开头用介词短语。我建议你多读一读你喜欢的作家,看看他们是怎么写的。老实说,我认为写作的成败取决于句子层面。

2. 我认为你需要让你的场景"充实",你已经通过对话在这么做了,但你还可以多增加一些人物的感官描写,他们的脸、衣服、动作、环境,特别是,我认为也是最重要的是,他们在想什么。例如,我想知道这些人物对他们的"新时代①治疗师"有何感觉?我觉得治疗师是在嘲弄,但他们似乎对那些建议是认真对待的。是不是正如我感觉的那样,存在冲突?我认为你要更加明确叙事者对待人物和所发生事情的语气。每个场景都要比现在长一倍。

3. 我一直在想这些人物身上有哪些东西我没有看懂,现在我明白是怎么回事了。你可以想怎么写就怎么写,让他们善良、愚蠢、吝啬,随便怎么样,但我觉得,我们需要知道,你,作为作者,是尊重、喜欢(爱?)他们的。对于一部喜剧小说(我想这应该就是一部喜剧小说吧),也许用这些词有点滑稽,但即使是喜剧,里面也需要有值得我们同情的人物。我们只有在真的同情他们的时候才能同情他们。

我上面提到的这些问题也许是你在完成初稿后需要回过头去完善的。(每个人的终稿都和初稿不同。)不过,我建议你,可以试着在写的时候就这么做:充实内容,多解

---

① 新时代(New Age),指"新时代运动"。这里的治疗师可能带有神秘主义色彩。

释，多描写，放慢速度，让文字呼吸。偶尔可以深入一点，突然有点变化，让读者大吃一惊。

1995 年 9 月 21 日
卡罗尔写给 AG 的信

我的意见（大多数写在空白处）和句子结构、句子变异和时态变化有关。这些可能很枯燥，但写作的成败取决于句子层面。我建议你写更长更有变化的句子，你写短句子已经很有经验了。尝试在句子开头用介词短语，在从句里再用从句，看看这样你是否能获得更多力量，甚至是更抒情的节奏。

我的另一个建议是把场景"充实"，告诉我们天气怎么样，根据一天中不同的时间设计场景，描写家具。你已经写了很多有关食物的内容——也许太多了，不过你写得很好。

1995 年 9 月 21 日
卡罗尔写给 A 的信

我把你的诗寄还给你，我有一些建议，不过我不是很擅长写诗。我很喜欢你的这首诗，特别是改变讣告的形式。我的一个建议是要更早一点确定叙事者的身份（"你"其实是"我"），但我不知道如果没有足够的叙事，你是否能做到这一点。叙事者的身份有点让我困惑，我只能努力适应。

在第二页的底部,你可以用不同的段落把两个故事分开,但这已经有点晚了。

我真的认为你已经可以出一本故事集了,你不需要再等待发表更多的故事。你有没有想过到哪里出版?你决定了之后,我很高兴为你写推荐信,到时候告诉我一声。

安妮·拉莫特[1]写过一本关于写作的书叫《一只鸟接着一只鸟》,我还没有读过,但我听过她在加州举行的一次朗读会,我觉得她非常棒。这一类的书有不同的建议,可能会把人弄糊涂。我有个建议,虽然你没有问,我还是想告诉你,那就是写作要"充实加厚",你完全可以等以后再精简。这样写会比写短篇小说要松散,就让它自然喷涌,自然堆积。另外一点要记住的是,如果你每天写一页,一年内你就可以写完一本小说。一开始就安排好章节,按照某种时间线,这会很有帮助,至少对我很有帮助。我写第一本小说的时候,决定要包括一个学年的九个月,每一章就是一个月。我不知道这些章节具体要写什么,但这个结构可以帮助我不偏离方向。

---

[1] 安妮·拉莫特(Anne Lamott, 1954—),美国作家,她关于写作的书《一只鸟接着一只鸟》(*Bird by Bird*)是一本循序渐进、教导如何写作和处理写作过程中各种状况的指南。书名来自一个故事:"三十年前,我的哥哥十岁,第二天得交一篇鸟类报告。虽然他已经花了三个月时间来写这份作业,却一直没有进展。当时他坐在餐桌前,周围堆着作业簿、铅笔和一本本未打开的鸟类书籍。面对眼前的艰巨任务,他不知如何着手,急得快哭出来了。身为作家的父亲在他身旁坐下,把手放在他肩上说:'一只鸟接着一只鸟,伙计。只要一只鸟接着一只鸟,按部就班地写。'"

你问我拍电影的事。《斯旺》目前正在多伦多拍摄,由布兰达·弗里克和米兰达·理查森主演,还有一个演过《双峰》的帅小伙,名字我想不起来了。我参加了他们第一次的对台词,不过我没有参与太多,剧本不是我写的。我原来对拍电影一直抱着怀疑态度,但让我感到意外的是,现在我觉得非常兴奋。

A,能和你一起工作真是太好了。你是个很有天赋的写作者,很有想法,而且愿意冒险。(对于写作来说,"大胆"是个非常积极的词。)在汉博学院教书的一部分乐趣就是能和你们这些女性作者在一起,现在你们就是我的朋友。这真是一个可爱的惊喜。

我们保持联系吧。

1995 年 12 月 1 日
卡罗尔写给 KA 的信

我很喜欢读你的文字,非常温馨易懂,但又不流于简单,叙事者/写信者实在太可爱了。我觉得你的节奏掌握得很好,一点一点地透露婚姻背景,不慌不忙。你含蓄地提到母亲可能并不幸福,她生活中的不如意,我很喜欢你的处理方式。对于第三个姐姐你也用了同样的方式,只是暗示了各种关系。

我觉得你可能错过了使用反叙事(counter-narrative)的机会:你可以提一提 J 的真实生活、她的信。总之,你可以考虑一下。

还有一个关于叙事策略的问题——你怎么和已经大致了解情况的人讲话？J知道很多背景信息，所以我建议你可以经常说"你还记得我们怎么……"或"这些你都知道，不过……"或"我不需要提醒你爸爸怎么……"等等。有很多结构你可以用。

我建议你的文字可以再轻松些，这样会更像书信体，更有姐妹情，不那么正式。你可以多用一些缩略的拼写形式和非正式的话。我强烈建议你不要用分号，因为分号总体来说会感觉很正式。

另外，我建议你"充实加厚"。更多的描写，更多的感官细节，人们长得怎么样、他们的名字、天气、东西的气味。更多具体的细节。

1996年3月2日
卡罗尔写给ZQ的信

我很欣赏这些诗，不仅仅是因为写作手法，而且因为它们有内容。我一直认为每首诗都应该包含一个主题，你的诗歌都有主题，除了那篇《雪》，全部都是意象，有一种俳句的感觉，还有那篇《石头》，我没看懂。我喜欢它们还有一个原因，因为它们读上去很欢快，不伤感，很理智，很乐观。

1996年3月20日
卡罗尔写给LG的信

实在太精彩了！你的故事已经成型了。（顺便说一声，我六十年代早期在英国北部待过，这有助于我理解你写的现实，否则我可能会不相信这些处于绝境中的人所遭遇的可怕经历。）

你成功地表现了日常生活中的噩梦，奇怪的是，同时又救赎了那样的生活。你完成得很出色。你描写的那个处于混杂环境中的孩子的瞎眼玩具娃娃非常精彩——也非常可爱。

我的大多数评语都和过度使用形容词或副词有关，这不但没有起到加强效果的作用，反而削弱了你想要的效果。我建议你删去一些，这样可以让形象更加利落清晰（我是这么认为的）。有时候，一些句子整体上需要重写：你需要这些句子吗？我在这些地方写了"紧缩"，但我的意思是"重写"。你怎么样才能把想说的话说得更加清楚、更加简练？

你成功地进入了M的内心，我觉得你不必总说"她想"。一旦你进入了她的内心，你就在那里了。

我觉得这一次你找到了使用地方语言的感觉，而且没有牺牲清晰度，也没有让人因为看不懂而挠头不已。

有一两个地方（我标出来了），我感觉语气的变化很突兀。

你后面要注意的危险是不要把 G 传奇化。文学中有使工人领袖失去个性的趋势,让他们满嘴大道理,失去了个性和人性。

你的明信片故事里有清晰可辨的声音,引人入胜。

非常出色的作品,L。我很高兴读到它。

1996 年 3 月 26 日
卡罗尔写给 KA 的信

我饶有兴趣地读了你的作品。你的想法让人激动:跨越三个世纪的人物,还有他们每个人身边不断变化的人。我不知道会有多少跨越三个世纪的人——应该有几个吧,我想。

很遗憾我错过了讨论,因为有很多问题。这是你的整个作品,还是其中的一部分?你是怎么选择人物的?你能不能简洁地说一说,你怎么看待虚构的时间?

你的一些场景写得很好。我很喜欢作为记者的 H——这是一个很好的设计,带有讽刺性。我也很喜欢那个努力想在长辈家里好好表现的年轻男孩,我们在小说里不太经常看到这方面的表现。我对你描写的极度害羞很感兴趣,希望你能够继续深入下去——为什么人们会如此害羞,他们怎么承受?你能不能把这一点和不同的阶段联系起来?

事实上,我觉得你总体上都需要扩充。我标出了那些你可以写得更具体的地方，举些例子，让场景更有内容。另外，你也许可以多写一写人们在想什么。

你写了一些流水句（逗号黏连），有时候我能理解你的用意，给人一种上气不接下气的叙事感，几乎像意识流，但有时候我觉得它们更可能是错误用法。

我标出了一些句子，感觉总有些不自然。有时候是语法不正确，或代词指代不明，我觉得你还是需要重新思考一下，试着把句子重新组织。你可以试着大声朗读，如果你听出什么地方不顺畅，换一个不同的结构或者其他表达方式。

这个作品修改后应该可以发表（我是这么认为的，希望如此）。

祝一切顺利！

1996 年 3 月 26 日
卡罗尔写给 AA 的信

我一直相信小说关乎救赎，关乎试图理解人们何以成为他们现在的模样。我们谈论某个年龄段的女性时，常常把她们统称为"保守的女人"或"挑剔的女人"，而没有去想想她们的内心是怎样的，没有去关注那些让她们每个人都成为独特个体的差异。我希望特纳夫人身上那些细微的不同之处绽放出光彩。

1996 年 4 月 2 日

卡罗尔写给 KP 的信

　　我有很多问题要问你，我想你的同学也会有很多问题。

　　你到底写了多少？我不知道这和第一次作业有什么关系，我是说是怎么衔接的。我想知道——如果你知道的话——你现在准备怎么写。你想把 F 塑造成怎样的英雄，或者说有没有这样的想法？故事中的人物想要什么，他们的欲望存在于"真实"世界里还是幻想中？

　　你的故事有大量想象，但我不确定你是否考虑到了各种关系之间的联系。你的对话处理得很好，特别是扩展式对话——我能感觉到不断增加的张力，每个对话都在往前发展。

　　你创造了一个完整的世界，或者也许可以说是挪用了一个完整的世界，我觉得这很好。有些幻想生活的细节很精彩，你的描写很真实。

　　在我看来，主要问题是混乱。时间和地点都不清楚，谁在做什么？我经常感到困惑。你写了很多人，很多不同层次的"现实"，你的有些人物有两个名字，这会给读者带来障碍。另外，有一段叙述好像缺失了。我认为如果你能注意代词指代不明的问题，你的故事会清楚很多，我在文中标出了这些地方。我们需要这些代词，这样我们就不需要一直要回过头去看前面写了什么，我们可以知道**你**知道**谁**是谁。我认为作者要有更多的"权威"，你这方面经常做得不错。

我认为你也许应该问问自己，用一句话来回答，你的主线是什么？你是否能在叙事的开头部分就能明确这条主线？是F的追求吗？如果是，他追求什么？

期待与你讨论。

1996年4月2日
卡罗尔写给K的信

太有趣，太引人入胜了，我真不愿意它结束。

你的开头让我们误以为这将是一个很枯燥的故事，但结果并非如此。很有意思。你很成功地表达这种无聊的状态，使得这些游戏不可避免。性爱电话真是让人捧腹。我希望你能够写得更具体一点，而不只是暗示他们的色情对话。不过你已经写得很生动了，很有视觉感，非常不错。奇怪的是，他们让人感觉很天真，这一点也很可爱。

我希望有些地方能够写得厚实一点，特别是故事的背景。另外，你要更清楚地表明谁在说话，有时候我不得不回过去看说话的人是谁。

这个故事应该怎么发展？我想你不愿意失去轻松感，但你可以稍稍让它阴郁一点——你读过洛丽·摩尔的作品，所以你知道我是什么意思。一个人操纵另一个人意味着什么，即使是开玩笑？有没有人受到伤害，有没有人受到惩罚？我只能想象一种具有讽刺性的反转，原本只是虚情假意，结果却产生了真正的激情。但是，一个律师和一个牛仔能……？你必须抓住读者的注意力。不管怎么说,我很喜欢这个故事。经过修改、阐明和完善,应该有望发表,其他人也会喜欢的。我期待听到班上其他同学对结尾的建议。

祝你假期快乐!

1996 年 12 月 16 日
卡罗尔写给 AG 的信

先寄上我对稿件的一些印象,等我有时间消化一下想法之后再寄给你其他内容。我非常喜欢你的结尾,我觉得经过修改之后,你可以把第十二章写成一个短篇小说寄给《纽约客》。不过,你得让 P 死掉。我不知道你怎么会知道一个重症病人做最后的努力时会有什么感觉。很精彩!

整本书非常成功,我认为一定能找到读者。很多地方都很有趣。

我有几个建议。第一点,你可以时不时地停下来总结一下:比如这是 P 最后一年的探索;她的女儿病了,非常危险;她的儿子摆脱了性别不明的困扰,找到了朋友。我注意到很多作家都这么做,这可以让行文更有条理。

第二点,你可以试着去掉一些插入语。我知道你为什么用插入语,因为这个小说的很多地方都有弦外之音。但这些内容不需要评论,你可以去掉一半的插入语。

我觉得可以提一下聚餐会——每一章写一两段,作为一种贯穿整个作品的方法。

唯一让我失去兴趣的地方是那些梦境。我记得约翰·巴思曾警告过他的学生不要在小说里使用梦境，他说，我们对自己的梦感兴趣，但不见得会对别人的梦感兴趣。这对理清 P 的人生轨迹有多重要？也许你可以把这部分精简一点。

有些代词指代不明——我标出来了。大多数情况下，你可以把句子结构重新调整一下就可以了。

B 这个人物很有意思。你千万不要把 P 写得很可爱，也千万不要写得很强势。也许你可以让她时不时地想一想应该怎样扮演"老年人"的角色。她做得怎么样？是抗拒这个事实，还是坦然接受？

真希望不要再下雪了！

日期不明
卡罗尔写给 Q 的信

你写得很好。你的开头部分引出了一些个性化的问题，这些问题讨论起来会很有意思：埃莱娜·西苏[①]，她关于写作是解放、写作促进两性平等的理论，你用英语写作而不是用德语写作所感受到的自由和快乐——这三点都让我很感兴趣。

总的来说，我觉得你在这些作品中的文字"活力四

[①] 埃莱娜·西苏（Hélène Cixous, 1937—），法国当代颇有影响力的小说家、戏剧家和文学理论家。

射",出现在我脑子里的形象是"四溢的喷泉"。你很自信,使用语言时表现得非常自由。(有那么一两次我觉得你有点过头,可是什么是头呢?)总之,你的语言非常大胆,比如那些奇特的并置,似乎很有效。我觉得你的英语用得很到位,但我想这是很自然的事。

你很自然地把家庭细节和生活中更为普遍的情感糅合在一起,没有刻意之感。洗衣房那一段虽然面对挫折仍不失幽默,我喜欢你在这个故事里的立场,那个观察者虽然不知所措,但仍然下决心要学会怎么使用机器。你也许可以把这个故事写得再深刻一点,稍稍拓展一点。

叙述者这个角色,也就是你自己,表现出热烈而且具有感染力的能量,充满了无限的好奇心,在我看来最为有趣的是,你对这个世界有一种自然而然的温柔,这是相当罕见的。

我标注了几个地方:奇怪别扭的结构,引证不够明确(我觉得),有些形象不鲜明,有些表达显得多余。

日期不明
卡罗尔写给 L 的信

很好的一个项目。看得出你花了很多时间思考整个作品,确定人物,设计背景。你的对话很有趣,很机灵,反应敏捷自信。你通过对话推动故事的发展,为故事增添了特殊的效果。你非常善于描写对话。

我喜欢你精彩的讽刺：例如，A感觉她配不上帅气的男人。（另一个人得到了那个帅小伙。）

我标注了一些我觉得需要调整一下的句子。

我有个建议：对于A和E，你有时候需要描写得更深刻一些，深入到他们的情感世界。我知道你写的是浪漫喜剧（不是每个人都能写这类作品），不过，我觉得你可以时不时地向我们展示人物阴暗的一面，这并不会改变你的语气或立场。他们的不安全感，他们的孤独感。你可以让他们的打趣表现出突然的真诚，让我们知道他们是多么珍惜彼此的友谊。如果你问你自己：（例如）A想要什么？然后让她说出来，哪怕是让她自言自语，这么做有时候会很有用。

我觉得你的作品还可以扩展，我期待阅读你的终稿。

日期不明
卡罗尔写给L的信

你花了很多时间写这个作品，绝大部分的内容相当成功。你知道怎么表达柔情和幽默，你的对话一直都很精彩，也非常可信。

我标注了一些问题，主要问题是节奏。巴黎那段插曲似乎出现得太快了，我印象不深。（我在这部分没有感觉到太多巴黎的氛围。关于蒙特利尔你也许也可以多花些笔墨——点明是哪些地区和街道。描写她每天上学和回家路上的情况、不同的季节、公共公园、咖啡馆、电影院和商店。）我不确定这些不同的片段需要写多长，重要的是要让读者处于具体的时间和空间里。

我也标出了一些段落，这些地方的语言突然变得很生硬很正式，和其他部分那种亲切轻松的感觉不一致。

你有些时候会进入 S 的视角。请认真考虑一下，你是否需要这么做？还有，你是否想要这么做？坚持使用 A 的视角也许会更有效些。

我想知道你下面会怎么写。这不是结尾吧？

这个项目非常出色。我很想读到更多内容。我想知道她是否真的可以忘记卡罗特河[①]（她的纯真岁月）。问问你自己：忘记自己的过去意味着什么？

[①] 卡罗特河（Carrot River），加拿大萨斯克彻温省东北部和曼尼托巴省西北部的一条河。

致　谢

我们要感谢唐纳德·希尔兹，他是最早热情支持本项目的人；感谢加拿大国家图书档案馆的工作人员，包括凯瑟琳·霍布斯，在我们搜集这些材料的过程中，他们提供了极具判断力的周到帮助；感谢 Page Two Strategies[①]的特莱娜·怀特和杰斯·芬克斯坦，她们从我们有这个想法开始到最后出版一直鼓励支持我们；感谢加拿大企鹅兰登书屋的安妮·柯林斯和阿曼达·路易斯，她们帮忙确定了这本书的形式和重点。

我们还要感谢弗莱迪丝·韦兰、布拉德利·敦塞斯和安佳丽卡·萨玛拉塞卡拉的远见卓识，感谢多萝西娅·贝兰杰和玛西·茨洛特尼克分享了与卡罗尔一起学习写作的珍贵笔记和记忆。如果没有他们的课堂笔记，第十四章就不可能存在。

最后，我们要感谢卡罗尔·希尔兹利用各种机会阐释写作技艺的真谛，帮助写作者学会观察，发现故事，并且相信自己的心血来潮。

[①] Page Two 是 2013 年成立于温哥华的一家出版社。

资料来源

慷慨分享、时间观和最后的建议

2003年7月18日,美国国家公共电台《新鲜空气》栏目,特里·格罗斯访谈:"每个人都这么问我……"(网址略)

第一章

《来自边缘之边缘的观点》,收录于 Carol Shields and the Extra-Ordinary,Marta Dvořák and Manina Jones,eds(McGill-Queen's University Press,2007);《作家为什么写作》,演讲,1988;"The Case for Curling Up with a Book",散文,1997;文章,日期不明。

"我似乎总是……",写给安妮·贾尔迪尼的信,日期不明。

"一个很好的问题……"卡罗尔·希尔兹访谈,BookBrowse,网址略。

第二章

有关各种写作奇谈的文章,无题,日期不明。

"我有自己的写作……",《除非》(加拿大兰登书屋,2002),第2页。

"言情小说……整本书可以有……",《除非》,第206—207页。

第三章

《车厢、衣架和其他有用的方法》,文章,1997。

"我以为我有点理解……",《除非》,第 13 页。

"年轻好奇的她开始确信……"《简·奥斯丁》(企鹅集团,2001),第 9 页。

第四章

《穿越》,文章,1990。

"我想把几个朋友写进去……",《除非》,第 122 页。

彼得·沃德:"一下子陷入了很多人都有的挫败感……"出处不明,2015 年 10 月 29 日确认信息并获得引用许可。

第五章

1990 年 4 月在德国特里尔的创意写作课;Scribner's Best of the Fiction Workshops, Carol Shields ed.(Simon & Schuster, 1998)。

"写作就是要刻意为之……"《简·奥斯丁》,第 120—121 页。

"诗歌有时是真的会说话,他一直觉得这是个奇迹……",《斯旺》(加拿大兰登书屋,1987)。

D. 贝兰杰和 M. 茨洛特尼克提供的《写作任务:创意写作笔记》,课程名称:English 4.350,曼尼托巴大学,1994—1995。

第六章

《虚拟的自我》,文章,日期不明。

"每个作家需要的社会参与度……"《简·奥斯丁》,第 119 页。

"小说笔记……"《小型典礼》(McGraw-Hill Ryerson, 1976),第 55—56 页。

"生活充满了孤立的事件……",《除非》,第 313 页。

"然而,发表作品意味着隐私生活的终结……",《简·奥斯丁》,第148页。

"我在我们蓝灰色卧室角落的一张小桌子上写十四行诗……",《继续如前》,收于《卡罗尔·希尔兹短篇小说集》(加拿大兰登书屋,2005),第11页。

Letters of Sigmund Freud, Sigmund Freud, ed.; translated by Tania and James Stern (Basic Books, Inc.; 1960)

第七章

《关于避免标准》,文章,日期不明。

"所有的小说作家都要面临一个问题……",《除非》,第139—140页。

"简·奥斯丁从哪里获得小说的素材?……",《简·奥斯丁》,第70页。

"……从事文学创作的人有所谓'固定套路'的说法",《瞬息而变的行为》,收于《卡罗尔·希尔兹短篇小说集》,第80页。

"The Seaside Houses", *The Brigadier and the Golf Widow* (Harper & Row, 1964).

第八章

"Carol Shields" in *22 Provocative Canadians: In the Spirit of Bob Edwards*, Kerry Longrpré and Margaret Dickson, eds.; foreword by Catherine Ford, pp.26—31; "Others," paper, undated; "Gender Crossing," talk, Canadian Booksellers Association, 1997.

第九章

《爱情故事》,文章,日期不明。

"作为一个浪漫主义者……",《爱情共和国》(Vintage Canada, 1992)。

第十章

在曼尼托巴作家协会上的讲话,1994年9月。

"我和马特·科恩争论……",写给安妮·贾尔迪尼的信。

"我们必须看到一个事实……",The North British Review, Volume XIX, May-Aug. 1853.

"收拾房子似乎占用太多时间……" *Letters between Katherine Mansfield and John Middleton Murray*, Cherry A. Hankin, ed. (New Amsterdam Books, 1991)。

"在二十世纪作为一个艺术家和女人,是一件多么美妙的事啊!"《故意闲逛》(The Bodley Head, 1981)。

第十一章

《新新新小说》,文章,日期不明。

第十二章

《叙事饥渴和溢满的橱柜》,文章,日期不明;*Narrative Hunger, and the Possibilities of Fiction*, Edward Eden and Dee Goertz, eds. (University of Toronto Press, 2003)。

"多年前,我参加了一个小型写作团体……",《除非》,第271页。

"写作只是写作……",安妮·迪拉德,《写作人生》(Harper & Row, 1989)。

第十三章

《来自边缘之边缘的观点》。

"在芝加哥……住过之后……",《关于我和我的房子》,《加拿大文学》,1—2月号,1985。

第十四章

D. 贝兰杰和 M. 茨洛特尼克提供的创意写作课笔记;卡罗尔·希尔兹写给安妮·贾尔迪尼的信,1989 年 2 月 2 日。

"我不知道这本书会写成什么样……",《除非》,第 16 页。